上海汽车博物馆
主编

ACROSS
HORIZONS
LONELY

地球上的孤独行者

[法]
西尔万·泰松
SYLVAIN TESSON
撰写

[法]
托马·瓜克
THOMAS GOISQUE
摄影

生活·讀書·新知 三联书店

Copyright © 2023 by SDX Joint Publishing Company.
All Rights Reserved.
本作品版权由生活·读书·新知三联书店所有。
未经许可，不得翻印。

## 图书在版编目（CIP）数据

地球上的孤独行者 / 上海汽车博物馆主编；(法) 西尔万·泰松撰写. —北京：生活·读书·新知三联书店, 2023.9
ISBN 978-7-108-07669-4

Ⅰ.①地… Ⅱ.①上…②西… Ⅲ.①游记—作品集—法国—现代 Ⅳ.① I565.55

中国国家版本馆 CIP 数据核字（2023）第 116114 号

| | |
|---|---|
| 撰　　写 | [法] 西尔万·泰松 |
| 摄　　影 | [法] 托马·瓜克 |
| 策 划 人 | 沈丹姬 |
| 特约编辑 | 金　戈 |
| 责任编辑 | 麻俊生 |
| 封面设计 | 刘　俊 |
| 出版发行 | 生活·讀書·新知 三联书店 |
| | （北京市东城区美术馆东街 22 号） |
| 邮　　编 | 100010 |
| 印　　刷 | 上海丽佳制版印刷有限公司 |
| 排　　版 | 南京私书坊文化传播有限公司 |
| 版　　次 | 2023 年 9 月第 1 版 |
| | 2023 年 9 月第 1 次印刷 |
| 开　　本 | 880 毫米 × 1230 毫米　1/32　印张　7.5 |
| 字　　数 | 150 千字 |
| 定　　价 | 58.00 元 |

序言

# 西尔万·泰松
——屋顶上的轻骑兵

"我要回去了,将开始尤利西斯的巡游。"西尔万·泰松说道,他身着机车服,颇为威武。他身上有着杰克·伦敦那种捕鲸船上水手般的锐利线条,雄狮般的胡须,一双马丁·伊登般的蓝眼睛和干裂的嘴唇,这一切构成了一副沧桑的面容——他似乎还未从跌倒中恢复过来。

绰号为"猫王子"——他难道不是专门徒手攀登巴黎或其他地方的钟楼、尖塔和大教堂的吗?从十八岁起,他就在屋顶上体验自我,化身为"隐身者"。他像一个石头的幽灵猫游窜四方,对于他的同龄人来说,西尔万就是"猫王子"。

在一个晴朗的日子,二十岁的西尔万·泰松向父母宣布他要骑自行车环游世界。他们开始明白在三个孩子中,他们养育了一个与众不同、憧憬异国情调的后代。生活在别处比谁都更快乐，他把耳朵紧贴着地面感受大地的颤动。在阿富汗、西伯利亚或其他荒野之地，他开始徒步沙漠，翻山越岭，在冰面上疾驶。一位熟人曾经证实，小时候，他妈妈说他需要在屋顶边缘保持平衡："他就像树上的小鸟，折断树枝才能飞翔。"

为了延缓时光流逝，西尔万·泰松通过步行或骑马、骑自行车或乘独木舟环游世界。在中亚大草原、中国的西藏、法国的森林或巴黎，他不仅徒步、骑行，还徒手攀登纪念碑。

为了更好地拥抱地球，他在巴黎圣母院的塔顶过夜，在树上或桥下宿营，在小木屋里隐居。这种"仁者乐山，智者乐水"的人生追求非常奇妙和迷人。

相对于我们的日常社交，西尔万·泰松呼吁开始新的游牧方式，一种快乐的流浪生活。

旅行的意念通常是在先前的旅途中产生的。想象力能使旅行者远离困境。在内盖夫沙漠，会梦见苏格兰的峡谷；季风令人开始向往霍加尔山；置身德鲁峰的西面，则可能缘起于托斯卡纳的一个周末。人永远不会对自己的命运感到满足，他渴望别的东西，培育出矛盾的精神，推动自己走出当下。不满驱使着他行动。

西尔万·泰松曾经问道：什么是真正的旅行？

要我说，是一种令人着迷的疯狂把我们带入了神话；浪迹天涯，不羁人生；在历史、地理和伏特加的交错中，就像凯鲁亚克笔下"垮掉的一代"，旅途中气喘吁吁，晚上在沟渠边感动得流泪。

他是自由的化身。风会把足迹很快地抹去，却无法忘怀那些黎明和黄昏。唯一能呼吸且未曾幻灭的事物就是自然。

西尔万·泰松的抒情文字、诗意的神韵、活泼又不失严肃的狂热，被赋予一个个充满欢乐的表述和引人入胜的故事，具有强烈的穿透力。这是一种哲学，也是对既定秩序的浪漫叙事。

我们由衷地表示庆祝！西尔万·泰松在中国出版的这本图书将又是一部佳作。

纪尧姆·罗凯特
《费加罗杂志》编辑总监

- 法兰西的无人古道
- 月亮谷：眩晕之地
- 徒手征服霍加尔山脉
- 穿越成吉思汗的故土
- 冰原上的铁骑巡游
- 诺曼底：致敬绅士大盗
- 文明诞生之地
- 追寻拜伦的足迹：十字架与奥林匹斯山
- 叙利亚：圣地遗迹
- 通往自由的最后道路
- 冒险哲学家
- 冒险：这就是生活！
- 后记　跟随西尔万·泰松的脚步

# 目 录

001

019

035

051

067

087

107

135

159

183

197

219

229

**LA FRANCE PAR
LES CHEMINS
OUBLIÉS**

# 法兰西的无人古道

西尔万·泰松用了几个月的时间,徒步走完了位于梅康图尔和诺曼底之间的乡村公路。如今,他把这段旅行写成了书(《走在黑色小径上》,伽利玛出版社)。在这本书出版之前,他向我们讲述了对这里的人民、村庄及抽象风景的热爱。在他看来,这些都是法国永恒的瑰宝。

如今的政治家是多么缺少想象力啊!如果他们像当年的密特朗总统那样,在梭鲁特来一次徒步之旅,那么他们在民众中的支持率肯定会飙升,说不定能让他们的政治生涯起死回生,重获威望。相比那些为了高昂的物价而大呼小叫的政客,法国人更喜欢那些深入到群众中的政治家。还有什么方法能比深入民间、领略不同的风景更有助于对法国社会洞察秋毫呢?国王路易十一就曾用这种路访的方式来了解法国。他微服出巡,呼吸着乡野的新鲜空气。但是他的后继者们并没有沿用这种方式。

当我踏上这条从梅康图尔到科坦登的道路时,我并没有任何其他的目标。当时我刚刚从医院里出来,身体不好,呼吸短促,头脑昏沉,我需要重新获得力量。医生把我救活了,现在他们建议我接受

·泰松前去感受"最具乡野特色"的法国

法兰西的无人古道

· 在梭特鲁南部的一个村庄里，泰松靠在护城河的城墙上研究地图

一次"重塑"。与其去疗养院休养身体，我觉得不如从梅康图尔到科坦登进行一次徒步之旅。正好在那时，政府公布了一份报告，说这片地区"充满了浓郁的乡野气息"。时任法国总理的让-马克·艾罗着重推荐了这个地区，这里有四十余个充满浓郁乡村风情的盆地。他所说的"乡野气息"，指的是不太有水泥道路、互联网不发达、远离行政机构的地区。对我来说，这就是天堂的定义！在这一隅，我们可以躲避繁华社会的纷扰。但是，国家公布这份报告意不在此。政府公务员这样写道（当然，他们用的是另一种公务文体）："勇敢的公民们，我们来了。我们会斩除荆棘，重整这片地区，让你们与繁华的市中心连接起来，你们将会拥有最现代化、最舒适的生活起居环境。"所以，要想感受原始旷野的风貌，必须要抓紧时间。

我有自己的旅行目标，而政府的这份报告替我规划好了版图。我准备走一些偏僻的人迹罕至之路，也就是我所说的"黑色道路"。这些道路不是已经设有路标、专供远足的道路，也不是狭窄的沥青公路，而是乡村小路、林间小道和被人遗忘的道路。如果不想被打扰的话，这是一个完美的道路网。因为很少有人光顾，所以这些道路荆棘丛生。在路上，我们还会遇到癞蛤蟆、母鹿，以及一些讲着古老故事的奇奇怪怪的人。他们的人生智慧并不是在一个开放的世界中获得的，而是取自于这些隐秘的土地。他们不了解特朗普，却熟悉这里的每一棵树、每一头牲畜的状况。谁才是真正的博学之士呢？是那些了解遥远东方的人，还是熟悉这片旷野的人呢？

·在克里昂的镇政府门前，悬挂着反对合并城镇的标语

· 从罗什到梭特鲁的铁道于1970年被废弃。我们沿着弯弯曲曲的铁轨向前走了几公里。踩着铁道的龙骨,我们在茂盛的荆棘丛中一路向北

　　8月，我从法国与意大利的交界之处出发。开始时，我走得并不多，也不是按直线行走的。我穿越瓦尔河、韦尔东河，经过瓦伦索尔、卢尔和旺图山，从圣埃斯普里桥跨越罗讷河，沿着维瓦莱斯地区，上行至洛泽尔山区，下行至马格里德，穿过奥布拉克，到达克勒兹，渡过卢瓦尔河，跑遍了加蒂纳、马延、阿夫朗什等地区，经历三个月的行程，最终抵达了科坦登半岛。在那里，要么必需停下脚步，要么必需跳进水里。这就是自然边界的优点：它为我们划定了界线，抑制了我们过度的热情，防止我们过于放纵自己的欲望。有些人想要打破边界，但是他们不懂得大自然的法则。

　　我花了几个星期的时间来采摘桑葚，随后我发现，黑色道路并不局限在地图上：它们不仅是那些被矮墙勾勒出的路线，而且是延伸到了我们国家的每一个角落。踏上这些道路，我们的生命也随之延长、绽放，摆脱了世界上的任何束缚。你想自由地生活吗？那么关上飞机舷窗，从第一个逃生通道逃走，随后一切都自然而然地发生了。

法兰西的无人古道 ｜ 007

·在高山牧场，从1950年代开始，这里的人口便越来越少了。
照片中，泰松在和一个留下来的老人交谈

我们不能从字面意义去理解"行走在黑色道路上"这句话。进行这种旅行，我们无须向国家森林局备案。有些人喜欢把自己关在书房里，有些人选择住进定时供应餐饮的修道院，还有些人喜欢攀登荒漠中的山丘。选择何种方式并不重要，重要的是主宰自己的世界，不受外界干扰。因此，我们拒绝去适应哲学家吉奥乔·阿甘本博士所称的"设备"，这些由于数字革命带来的科技把我们困于牢笼之中，让我们成为丑陋的宣传和广告的奴隶。"要保健！"这些"设备"叫嚣着，"要长寿！打开你的移动设备！快去欣赏！抬起你的拇指！把声音关小点！"我们就是这样一边安慰着自己，一边匆匆生活的。黑色的道路，这既是精神的道路，也是旷野的道路，是孤独之路，也是自然之路，它们为我们提供了一种逃离这个现实世界的可能性。我在徒步的过程中，感受到了更多的心灵上的逃遁。在上一次遭遇坠落事故后，我陷入了昏迷，而长期的住院治疗让我丧失了生命的活力。徒步让我重获体力：它在我的血液、骨骼和身体的每一个细胞中注入了元气。我放下一切电子设备，这条黑色道路为我输入了营养。在石子路上行走了三十公里后，我仿佛又重新抓住了自己的生命。

在三个月的时间里，我眼前反复出现着法国乡村艺术家的各种面庞，比如《山丘时代》的作者、地理学家皮埃尔·乔治，比如普罗旺斯的吟游诗人吉奥诺，以及卢瓦尔河谷的诗人和诺曼底的画家。目之所及，时而是一片农田，时而是洒满阳光的山坡，时而是宛如童话的山谷。有时会遇到山泉，听到晚钟，看到啃食青草的羊群。总而言之，这是一个画展，"这个国家有一种展示雄伟与壮观的本能"，曾于1787到1790年之间游历法国的英国农学家亚瑟·杨一次次在他的回忆录里如是写道。无论走到哪里，他都为"这个国家的美丽"而沉醉。

但是突然，这片秀美的土地长出了一个"坏疽"。山丘下冒出了一个商业开发区，厂房和楼群开始涌现，这片地区既不属于城市，也不属于乡村。伯纳德·马里斯把版图上的这些"污点"称为"地理虚无"。我们为什么要让这些东西蔓延？为什么要让我们的国家遍布高速公路？即使是一个个体的话，在四十年的时间里也不可能变得如此丑陋。人类是土地毁容的罪魁祸首。从法国第五共和国开始，这场浩浩荡荡的"毁容"运动便开始了。"二战"后的乡村工业化、都市化以及生活方式的瓦解是元凶。在法国总统吉斯卡尔·德斯坦的七年任期内，独门独户的居住片区迅速增长，而在密特朗任职时期，随着越来越多的工厂从巴黎向外省迁移，出现了大批的超大型超市。环形高速公路和省级公路连接着居民区和大型商业中心。那时，如果住在法国城郊，那么你的大部分生活时间是在车上度过的。互联网终结了蜕变，随着它的出现，居民区中出现了一种空荡诡秘的气氛。小镇的镇长说，"他们的村镇受到监视器的监控"，并且安装了一些"警报装置"。但是我们不需要这些警报装置，我们需要的是其乐融融的邻里关系。每当想到这些逝去的乐趣，我总会心生遗憾。

不知为何，我们的国家正在被丑化。因此我想踏遍这些纵横于领土上的美丽的小路。我不想把这些艺术杰作交给管理者。如果在博物馆里，他们那不灵巧的手可能早已打碎了瓷器。每次绕过一个弯路，或者走下一个斜坡，我总会遇到一些农民。一些人会热情地邀请我喝一杯，另一些人则会斜着眼睛看我。一些人会滔滔不绝地讲述他们的不幸，另一些人连个招呼也不打。在医院住了四个月，特别是头部受到重伤之后，我开始做一些非常浪漫的美梦。我希望可以见到一些土生土长的当地人，像心系田园的面包烘焙界名人亨利·德·帕兹斯一样，跟我聊一聊农业。亨利是绿色生产的先行者，写了一本非常好看的书，叫作《土地的一隅》（*La part de La Terre*）。

• 安德尔河畔维莱迪厄的圣塞巴斯蒂安教堂

对于他来说，农民就像诗人。无论是农民还是诗人，他们都在绽放自己的果实：或是一首十二音节诗，或是一棵芜菁。他们在无形的劳动中收获了果实。我很少遇到既是诗人，又是农民的人。现如今，比起高谈阔论，传统的农业种植者更喜欢全神贯注地耕种自己的土地。他们如今采用的是统一的、大规模的开采方法，因此给我们留下了一片片让人郁郁寡欢的土地。篱笆、灌木丛、沼泽、河堤都消失了，取而代之的是高收益的、点缀着车库和肥料堆的大平原。如今农场开始走下坡路，昔日的繁荣不再。这些种植者很辛苦，每天都是晚上才开着拖拉机回到农场。在这个时代，人们总是一遍遍地说，要想致富，首先应该贷款。生活总是艰辛的。

看到这样的生活，总会有些感伤。所以为了摆脱这种情绪，我继续向上攀爬，想要看一看空无人烟的乡野。在高原的山谷里有一些废墟。一眨眼功夫，农民便抛弃了这些高地。工业革命、1914年由于世界大战造成的人口损失以及1950年代的农村人口的减少使这里变成了空旷的、永恒的哨卡。狼、蝾螈和蝰蛇遍布于此，因此人迹罕至。在这里，孤独的漫步者遇到了一些孤魂野鬼，以及一个正在地图上查找黑色道路的徒步者。

有时我会经过一些用"绿色生态"的方法耕种的土地。五十年以来，一些农民致力于拯救那些被破坏的土地。早在1980年代，就有一些先行者开始拒绝把农业视同一场公开的战争。如今已经有七万名农民加入到了"绿色生态"农业的阵营。说起来有些好笑，因为他们使用的是祖先的传统技术，并把这些技术称为"革新"。但是整个活动带来了非常好的成效：现在法国已有三万个绿色生态农场，占到了整个耕种面积的百分之五。这样的绿色农场非常好识别：田野上不再有水泥建筑，也没有丑陋的养殖场。

这些种植者肯定没有听过奥朗德的那一场演讲。在2016年9月，为了能够续任总统，他对"法国"进行了重新的定义，他认为，法国是一个"观念"，而不是一种"身份"。如果他们听到这段演讲，他们肯定会觉得惊讶，自己怎么会生活在一个"观念"里。那个在玛耶附近开酒馆的老板娘，一边为我端上烧酒，一边跟我絮絮叨叨地讲着村里的鬼魂的故事。她会相信总统的说法吗？那个向我感慨山上的核桃树不见的神婆，她会相信总统的说法吗？我这个马延省的铺瓦工，从屋顶摔下，而后又奇迹般地从远足路上恢复了精神，我会相信这种说法吗？那些在法国东北部万图的葡萄园里种植葡萄的人，他们会相信这个说法吗？

谁的观念可以构成"祖国"这样一个概念呢？一个身份是一种观念，但是观念要深深地根植于一片土地，一片被阳光哺育、被一代代人们耕种的土地。如果不是这样，那么这将不是一个国家，而是政客们开会时讨论的理想国。

在黑色道路上，我遇到的村民常常不假思索地表达着他们对"身份"这个词的看法。在此之前，我一直认为"法国人"这一称号代表着一种荣耀，一种每个人并不怎么乐意接受的荣耀。人们对那些异域的身份总是心醉沉迷，像是波斯人、泰米尔人、因纽特人。人们甚至还给各种国籍弄了一个排名，

· 对于泰松来说,行走是打消消极念头的最好的方式

而法国国籍在这个排名中并不靠前。我在黑色道路上遇到了形形色色的人，他们向我讲述了他们的乡野，他们的习俗，他们的食物，他们的风景，他们喜欢的酒，他们饲养的牲畜，他们耕种的土地，他们繁衍生息了几个世纪的、被他们亲切地称为"我们的家园"的地方。与那些到处鼓吹世界共性、天下大同，拒绝接受"身份"这个词的人相比，他们同样充满热情，同样充满人情味。他们不会满怀对他人的仇恨，他们不会讲别人的坏话。有些人甚至邀请我去他们的厨房。我迈着缓慢的脚步穿越这片土地时，终于理解了历史学家费尔南·布罗代尔对身份的定义。此前我重新读了一遍由他撰写的《法国的身份》的第一部，作者把国家身份定义为一种令人难以置信的"杂技表演"，通过几千年的持续不断的努力，在一小块土地上聚集起来的历史。这种身份本身是一种不和谐的、纷乱的事物创造出的奇迹。在费尔南·布罗代尔看来，"法国"身份就是这种"混合物"，所以每一个公民都要承担起巨大的责任。这一切都需要时间。同时也需要民众保持清醒的头脑，不要被成批的难民潮所干扰。

　　法国这个混合了多种身份的熔炉是如此脆弱，要想在这个多种身份混合的土地上保持一种平衡状态绝非易事，我们不能把法国仅仅看成一个由不同观念组成的平台。我们拥有的不仅仅是一段附着在这片土地上的历史。我们要好好对待这片土地。11月的一天，我抵达了科坦登的北部。这么长的旅途真的有治病的疗效：我的面色又恢复了红润，那些消极的念头消失在了灌木丛中。这是恢复身体的规律：先行走，后恢复健康。

我觉得很遗憾，五十年的时间就能够毁掉这片地区。尽管整个毁容过程很快，但还是留下了很多漂亮的地方，没有被工业化的空隙、黑色的小径、安静的道路、蕨类植物和可以躲在后面露营的矮墙。只要这片自由的土地还存在，一切就还有机会挽救。尽管逝去的令人伤感，但是我们没有理由抱怨。

翻译：张 蔷
摄影：托马·瓜克（Thomas Goisque）

**WADI RUM
LE DÉSERT DU
VERTIGE**

# 月亮谷：眩晕之地

*安曼往南五小时的车程，瓦迪·拉姆（Wadi Rum）的群山横亘在约旦的地平线上。阿拉伯的劳伦斯的部队就曾从这些高达五百米的壁垒脚下路过。如今这些砂岩的山壁吸引着世界各地的攀岩者。攀岩冠军丹尼尔·杜拉克在不畏惧眩晕的贝都因人陪同下来到这里训练。*

"这支枪当年杀死过几十个奥斯曼人！"黄昏时分，我们的向导阿塔亚克展示着他的卡宾枪。为了减轻重量，这支枪配了一个李-恩菲尔德步枪的枪托。"这是我祖父的步枪，我们属于奥达家族，在劳伦斯的军队里面非常有名。"进入大山时，瓦迪·拉姆的贝都因人从不让武器离身。在沙漠中，除了对真主安拉的信仰，枪是人类最好的朋友。阿塔亚克的堂兄艾德在滑进睡袋之前，卸掉了他的M16步枪的弹夹。自两天前开始，两个人就为我们担任向导，我们因此能在位于约旦王国西南部的瓦迪·拉姆迷宫中进退自如。

今晚我们在峡谷的台地上露营，那是一处深入到山侧翼的裂口。天空挂着一轮新月，它的光辉让周围的星座黯然失色——后者见证了宁静重回被称为"月亮谷"的瓦迪·拉姆。

在比这里低一千米的拉姆村，一代又一代人铭记着历史，一支由英国人带领的阿拉伯军队曾行走在岩壁的脚下。阿拉伯的劳伦斯的士兵来了，太阳重新燃起了他们的激情，士兵们沉醉于对荣耀的追逐，渴望着血的洗礼。他们不断前行，"害怕在这庞大的构造面前暴露自己的渺小"。他们要横穿沙漠，然后夺取亚喀巴。随后，苦行者的军队向着大马士革进发……只

·顺着阿塔亚克的视线,丹尼尔·杜拉克正学着北山羊的动作跨越一处因被侵蚀而成的砂岩峡谷

- 攀岩意味着把自己置身于不可能的条件中，你要尽最大的努力摆脱困境

- 一大块避风岩石，一个沙丘，一个柽柳火堆：任何一个豪华大酒店的夜晚都不能和月光下的露营相比

要能让奥斯曼帝国毁灭，他们无所畏惧。而此时，英国人对于阿拉伯世界的真实欲望，尚未暴露……

温暖的东风吹动柽柳，两个向导沉入睡眠之中。睡觉前，他们做了祈祷，用石头把山洞的入口堵住，烤了烤火，然后专心诵读《古兰经》。

高山向导、攀岩世界冠军丹尼尔·杜拉克就睡在他们旁边。他远道而来并不是因为崇拜《智慧七柱》的作者。在当年阿拉伯起义的历史大背景下，瓦迪·拉姆已经成为了攀岩的圣

地。自1980年代以来,英国和奥地利的登山者不断来这里试登砂岩,五百米高的岩壁吸引着世界各地的攀登者。

第二天早上,我们这支小分队继续向山地的高处进发。天空下是光秃秃的岩石,加上几个向着顶峰前进的身影。一只蜥蜴消失在脚底下。云层悄悄地把影子覆盖在峭壁的顶端。高山台地的边缘,海拔一千二百米的高地平铺开来,宛如城堡塔楼的山崖屹立在金色的沙丘中。在一些地方,砂岩已经被侵蚀透了。群山被一条条通向未知之地的宽广沙路隔开,像是世界

·在巴拉峡谷的一侧,这个裂缝像瓦迪·拉姆一本打开的巨书的切口。自二十年前起,登山者就开始留下他们的足迹。

的另一端等待着最后崩溃的岛屿。阳光和微风让这一切有些乏味,天际空空如也,难道它也感到无聊了吗?卡扎勒和纳斯拉尼的峰顶已经被白色覆盖。那里有饱经风雨的苍白岩石,曾经见证千年时光。我们的脚下有村庄,有一些水源和不朽的树木。风带来祈祷的召唤。贝都因人是如何在这些废墟脚下生活的,这些废墟里是否曾经拥有过天堂里的喷泉?在我们遐想的同时,杜拉克被这片天造地设的运动场的激情感染,已经在岩壁上标出了登山线。

我们必须在夜幕降临之前返回。阿塔亚克和艾德向村庄走去。他们在迷宫中开辟出一条道路,从一个台地走到另一个台地,绕过断缝,走下狭窄的通道。他们会固定一截绳子,然后从二十米高的岩坎一跃而下。在风力堆积形成的沙盘中,他们辨认着巨角塔尔羊的踪迹,这是一种阿拉伯北山羊。有时,这里的人凭着一杆幸运的猎枪就能养活一个家庭。

从阿尔卑斯山到兴都库什山,许多山区民众并不稀罕他们的世代繁衍在其阴影之下的山峦,而是满足于开发山前地带。贝都因人对那种源自高度的眩晕感并不在乎,自纳巴泰部落时期以来,他们就在瓦迪·拉姆的山侧以及峰顶耕作。他们几乎连通了所有的高地,在岩壁上开辟了极为大胆的路线。这些"贝都因人的路"——游牧民族的直觉和走钢丝般的杂技本能结合而成的产物——深深吸引了杜拉克。作为一位八级攀岩者,他习惯攀登石灰石或花岗岩质斜壁,此时在贝都因人这种定义"路线感"的天才前肃然起敬。

十余年前,法国人在纳斯拉尼山地东侧打开了一条攀登线

・在砂岩拱门上的绳子游戏,天然形成的桥,贝都因猎人可从山顶直接到达布尔达高地

路——那段路程仿佛是由众神用小刀,以糕点师般的手法在岩壁上划开的。当我们望去的时候,在若干几乎难以捉摸的抓手处,杜拉克正在斟酌着最后的距离。肩带距地三百米,这是一场精神的战斗。为了爬上瓦迪·拉姆的峭壁,他必须与自己的疑虑作斗争,在一些非常剧烈的姿势下,抓手处可能会碎裂。

风携带着沙砾、霜冻、暴风雨侵蚀岩壁,让后者承受了剧烈的创伤。时间磨蚀了岩层表面,在成千上万如昨晚这样的新月照耀下,这些高墙变得坑坑洼洼,裂开了缝隙。水带着微小的沙粒顺着岩壁流淌,汇集并慢慢地形成水流,留下痕迹。名为"侵蚀"的大师,其成就与西班牙建筑师高迪不相上下——

· 佩特拉神庙脚下的火焰广场,由纳巴泰部落雕刻于公元前6世纪

· 优秀的向导扎哈比亚和他的儿子萨里一整天都在等待攀岩者，琢磨奇怪的欧洲人为何不能安静地围坐在篝火旁

而且品位并不差。红日西斜时，这苍白的岩石在其看似柔软的部分，呈现出一种黄色，令人像是置身那不勒斯。敏感的人，会对这些嵌合体的色彩变化感到震惊——这个时候，瓦迪·拉姆似乎背离了它在地质学上的哥特式倾向。

杜拉克垂直而下的岩壁脚下，来了许多骑着骆驼的德国游客。这群人都参加了"跟随阿拉伯的劳伦斯的足迹"的旅游路线。一个大个子巴伐利亚人端详着岩壁，了解到丹尼尔·杜拉克是以什么方式降临到这里的。"你是浩克吗？"她问道。然后，开始向她的向导抱怨今早露营帐篷里的灯不亮了。贝都因

030 | 地球上的孤独行者

人冷漠地看了她一眼。他显然在思考,为什么会有游客冒着战乱的风险,跋涉数千公里而来。但事实上,瓦迪·拉姆一直是全球旅行社的热门目的地,而在战乱频仍的中东,约旦王国本身就是一个极为特殊的、宁静的避风港。

除开攀岩,另一种登上纳斯拉尼峰顶的方式就是沿着西侧的远足者之径上去。在辛苦攀登五六个小时之后,峰顶会展现给登山者们一片壮丽的美景。这里的山巅穹顶,在紫外线的照射下呈现出女性臀部般的乳白色的曲线。夜晚降临,必须准备回去了。我们收拾好绳索,返回到山谷露营地的篝火旁。

可是，脱离这一片静修之地也许过于遗憾了。我们的摄影师托马·瓜克想要扮演哲学家的角色："我要在峰顶过一夜，你们明天早上来找我。"我们给他留下了一件外套、一公升的水和一把杏仁。如果不借助登山装备是无法登上纳斯拉尼悬崖顶部的。高原是一个陷阱。要是我们不再回到这宏伟的奇观，为他补充体力，我们的朋友将来肯定会慢慢变得憔悴。而在我们沿着绳索滑行时，听见他说道："这将是我的雅典卫城之夜。"

在暮色中下降的时候，我想起了圣埃克苏佩里在北撒哈拉台地上度过的那一夜，当时他的飞机出现故障，就迫降在那里。高原上环绕着令人眩晕的岩壁，圣埃克苏佩里发现了一块石头，与该地区的地质条件并不吻合：那是一块陨石。而当第二天我们返回山顶时，摄影师承认同样有奇妙的事情降临在他的身上。他在山峰上发现了野兽的痕迹。这些动物是怎样通过陡直的峭壁到达这儿的？

之后几天的每个晚上，丹尼尔·杜拉克都会在巴拉峡谷一处凸出的可以避风的褐色岩石下住下。一块蘑菇状的岩块矗立在路的一边，封锁了进入山谷的路。当下，这岩块也成为了攀岩训练的一部分。在不太高的岩石上，我们以非常艰难的姿势攀登。专家们认为攀岩和攀爬一堆积木其实是一样的。在瓦迪·拉姆当地向导的注视下，杜拉克成功战胜了蘑菇岩块东北部的突出物，他紧紧抓住岩层顶部一个并不牢固的位置恢复体力，并把这个位置命名为"蟹鼓"，以纪念拍摄同名影片的法国导演皮埃尔·肖恩多夫。

说真的，这位导演在瓦迪·拉姆肯定会有宾至如归的感觉，也会欣赏这些跟阿拉伯的劳伦斯一样，富于冒险精神的攀岩高手。在阿拉伯的劳伦斯身后八十年，另一批冒险家们正在岩壁上庆祝着自我超越的优美姿态。

翻译：袁　园
摄影：托马·瓜克（Thomas Goisque）

LE HOGGAR
À MAINS NUES

徒手征服霍加尔山脉

为了纪念探索阿尔及利亚南部地区的先驱者罗杰·弗里松-罗什，登山冠军丹尼尔·杜拉克上下纵横，几乎爬遍了霍加尔山脉最荒僻的角落。真是一场令人头晕目眩的冒险。

·阿塞克赖姆山急骤起伏的地形为攀岩高手提供了一片无与伦比的游乐场

随着苍白的曙光在阿塔克尔高地上渐渐扩散,一座参差兀立的火山城堡显出了身形:好似残破的废墟,只见玄武岩堆砌出的钟楼、坍落的瞭望台和倾倒的凸窗。它又像一架巨型管风琴,只不过是地质学的杰作,并不能发出声音。黎明的寂静笼罩着高地,就连阳光也无法让沉郁的火山岩变得轻松悦目。当年,隐居沙漠的夏尔·德·福柯神甫看到的便是这幅荒凉萧瑟的景象。在阿尔及利亚荒漠的中心,他用阿塔克尔高地的板石搭起了简陋的住所。今天,绝壁攀登冠军、世界杯多项比赛的优胜者丹尼尔·杜拉克在夜间便早早起身,来到那位隐士的避世之地,向离群索居者的灵魂致以敬意。他把刚打开的木门关好,竖起高科技上装的衣领:清晨5点的霍加尔山脉寒意逼人。遥想昔日,幽居于圣地之中的隐士,在自己的高原城堡里,悉心编纂法语–塔马谢克语词典,或是专注于一生都坚持不懈的祈祷时,可曾料想——在他死后不到三十年,一座岩石顶峰便会以他的名字命名,而霍加尔山脉居然变成了绝妙的攀岩胜境?这片高地上的一切都是如此神秘莫测。

出生于法国萨瓦地区的作家罗杰·弗里松–罗什在1935年揭开了此地神秘的面纱,与之同行的还有柯什上尉,骆驼骑兵军中的一名军官,他当时负责在整个殖民帝国纷乱的疆域之内执行"法国和平"

・在开辟出"麦迪卡直通路"之后,丹尼尔・杜拉克带领的攀岩小队正从塔库巴峰下山

· 攀岩高手向泰斯努的巉岩发起挑战

任务。两位攀岩者将金属吊环岩钉钉进玄武岩石壁中，爬过一两座尖峰之后抵达了加列特-艾尔-迭农极顶——意为守护神之山——即便在今天，大部分撒哈拉的图阿雷格人（柏柏尔族的一个支系）仍拒绝攀登这座高达两千三百多米的神山。弗里松-罗什写文章的技巧要比摆弄登山斧的技巧高明很多，在他的著作《撒哈拉游记》中将这座高山描绘为"一艘硕大无朋的巨舰，超出常人想象，也绝非人类所能制造"。于是，神话就此诞生，此地令登山者趋之若鹜，霍加尔的大门终于被打开。因受恐怖主义威胁，这片攀岩胜地在1991年一度被关闭。如今时过境迁，来自中国的工人正在修建一条长达七百公里的输水渠管,将萨拉赫的地下水引到塔曼拉塞特,而阿尔及利亚已轻松地步入全球化进程,曾经难得一见的攀岩者又开始在霍加尔山脉的绝壁上冒险。

丹尼尔·杜拉克五指用力,牢牢扒住峭壁。随后他蜷起指关节,奋力一攀,又前进了二十厘米,终于扣住一条适于下手的石缝。而在他身下,是三百米深的虚空。随后,他又用左脚的鞋尖探到一块风化的石片,那可是绝佳的支撑点。再爬三十米便是峰顶了。从蒂佐雅格峰的顶点放眼纵观,在福柯隐居地的正前方,阿塔克尔高地露出了庐山真面目,遍布着一座座火山口,仿佛月面一般如梦似幻。火山熔岩形成的石片纷纷从坍落的土层中探出头来,比远古剑龙背上的脊板还要锋利。霍加尔山脉就像一头古老的海西时代巨兽,它的甲壳历经数千年严酷的风雨侵蚀,早已创伤累累。山脚下,等待攀岩者的吉普车停在营地中。两位原先当过驼队驭手的向导——布拉西姆和艾尔·穆洛德,正在巨石的阴影中打盹。对于柏柏尔人来讲,在凶险莫测的峭壁上表演特技决不会为生活增添任何趣味。作为消遣和乐事,人们更愿意用刺槐木柴点起一堆篝火,与好友围坐倾谈。直到1959年,才有头一个柏柏尔人心甘情愿地爬上了加列特-艾尔-迭农极顶。柏柏尔人是居住在这片巉岩宝殿中的君王,终日在他们的城堡脚下艰难地纵横穿行,却从未想过去体验爬上峰顶的感受。在他们眼中,攀岩只是西方人的游戏,毫无用处。

丹尼尔·杜拉克并不是热衷于表演身手的纯技术型攀岩者,也从不认为高高的领奖台能比陡峭的石壁更令自己着迷。

- 在霍加尔山脉中部默图泰克地区的花岗岩巨石阵中,丹尼尔·杜拉克正在体验不能承受的生命之轻

- 借着黄昏的暮色，攀岩小队在塔库巴峰顶上发现了马佐和贝拉蒂尼在1966年钉入岩石的吊环岩钉

- 篝火、热茶和星光闪烁的夜空，这便是柏柏尔人露营地永恒的风景

• 动身朝蒂萨拉丁悬崖进发。驼队驮运着一盘盘二百米长的绳索和五金用具：弹簧锁环和吊环岩钉

他只是将攀岩视为一种契机,让自己能够在垂直极限运动中发挥攀岩者独有的"气",就像诗人领略蓝天的壮美,水手钟情大海的浩淼,地质学家享受激荡的罡风。他经常鼓起勇气向半空中的一道道绝壁发起进攻,在那里,漂亮精准的动作和大胆果断的决心永远都能战胜身下那片冷漠而又难以抗拒的虚空。2006年,在马里一座名为"法蒂玛之手"的陡崖上,他征服了一段难度极高的绝壁,攀援路线长达四百五十米。而今年,轮到霍加尔山脉为他换换花样了。

每座峭壁都有自己的风格。"撒哈拉通途"公路数百米之外便是泰斯努山地光滑的巨石板壁,在这里攀岩者只能用靴尖寻找落脚点,就像踩在鸡蛋上,每个动作都细致入微、处心积虑。而在阿塔克尔高地的玄武岩石林中,则要施展扫烟囱工人那样的灵活身手,才能勉强挤过加列特峰弯曲的石缝。如此看来,登山运动就像是人类通过体操来向鬼斧神工的地质构造致以敬意。

在现代攀岩运动的各个流派之中,徒手攀岩无疑最具美学感染力。其规则很简单:在不借助绳索、没有任何保护的情况下,爬上一块数米高的岩石,而攀岩者要通过一连串精确而又优雅的动作,捕捉那些外行人很难用肉眼发现的细小落脚点和抓握处。丹尼尔·杜拉克坐在吉普车的车窗前,用目光搜索着默图泰克地区起伏的沙丘。有时他可以看到,在远古时期岩浆喷发形成的玄武岩堆积物脚下,经常躺卧着乱七八糟的巨型石块。数十年前,考古探险家亨利·罗特历经数次考察之后,向公众展示了自己在此地石壁上发现的许多岩画,其中包括游泳者、大象和鳄鱼。这些时光留下的纪念品向大家证明，很早之前，撒哈拉原是一片湿润多水之地，为当时繁荣的文明献上了有所保留的馈赠。如今，消逝的时代只留下风化的岩石，但攀岩高手们对此更感兴趣。在特菲戴斯特山脉峰峦脚下的原野上，丹尼尔·杜拉克将坍落的石块一一进行标记，同时在岩石上跳来跳去，偶尔绕过那些数千年历史的岩画，全神贯注地施展着攀岩体操绝技。他的心中满怀喜悦，这片方圆几十平方公里的巨石原野还未曾被外来者染指，如今终于要给攀岩客的五指和胶靴带来莫大的享受了。

越过起伏的特菲戴斯特山脉，塔曼拉塞特城以北四百公里的地方，参差可见的加列特峰矗立在灼热的地平线上。迟落的夕阳正在群山后面缓缓降下，而闪亮的金星已然高悬于空中，宣告着群星璀璨的夜晚即将来临。经历了两天的拼搏之后，丹尼尔·杜拉克终于攀上加列特极顶。他那把手钻的钻头在峰顶的花岗岩中吱吱作响。再钻最后一下，这位法国人便可把他从巴黎带来的一块黄铜铭牌固定就位。牌上写道："纪念弗里松-罗什与柯什上尉，两位登山先驱于1935年4月首次攀上加列特-艾尔-迭农极顶。"第二天，在花岗岩巨堡顶端的平台上露营一晚之后，丹尼尔·杜拉克和成功登顶的伙伴们凯旋下山，来到了加列特极顶东侧一座百米高的石峰脚下。从远处看，这座石峰就像一只纺锤，但柏柏尔人的想象力更富于尚武精神，他们将其命名为"塔库巴"峰，意即"宝剑"。1966年，皮埃尔·马佐经过一段极为危险的攀爬之后，抵达了它的峰顶。马佐不仅是著名的登山家，也是一位政府官员，尽管醉心于高海

· 夏尔·德·福柯神甫的避世之所由光秃秃的石块砌成。他在这里闭关不出,潜心祈祷,并编纂了法语–塔马谢克语词典

· 泰斯努山地巨大的石板壁立千仞。西尔万·泰松在一段垂直坡度
仅有七度的绝壁上为丹尼尔·杜拉克提供安全保护

拔地区清新的空气,但也一直不曾下定决心割舍他那空气并不太纯净的政府办公室。这次,丹尼尔·杜拉克沿着一条前人未曾使用过的路线挑战塔库巴峰:有一道巨大而又倾斜的石缝正好一直延伸到峰顶,恰似宝剑身上一道优美的锋线。他在半空中进行了五个小时令人筋疲力尽的苦斗,才将最后五十米的绝壁征服。丹尼尔·杜拉克终于在塔库巴峰顶站起身来,而这次他开辟了一条新路线"麦迪卡直通路",还从崖顶取出了四十三年前马佐钉在岩石中的两根岩钉。回到巴黎后,他将前往由马佐任主席的"戴高乐基金会",把这两根历尽沧桑的小玩意儿交还那位前辈。登山运动的精神也是如此:在人类与逝去的岁月之间结成纽带,让独立于世外的座座高峰永葆活力和魅力。

从塔库巴峰再步行七个小时才能到达加列特极顶脚下崩落的乱石,艾尔·穆洛德已在这里燃起一小堆篝火,把柏柏尔人惯饮的浓茶倒进玻璃杯,耐心地等待攀岩者返回营地。在他看来,那些法国人真难以捉摸,居然冒着摔断脖子的危险在绝壁上玩命,天知道他们这样做究竟为了什么。而且更糟糕的是,他们还打扰了神灵的安宁……

翻译:郭卫泽
摄影:托马·瓜克(Thomas Goisque)

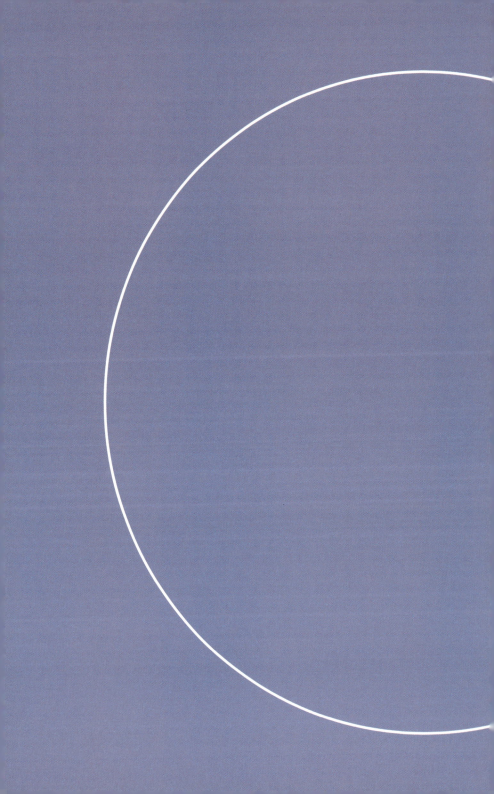

**A MOTO CHEZ
GENGIS KHAN**

# 穿越成吉思汗的故土

> 从乌兰巴托到哈拉和林，西尔万·泰松骑着一辆神奇的英国摩托车，穿越了蒙古草原。

扎伊赞山位于蒙古国首都乌兰巴托的南部，山顶上矗立着一座苏联风格的建筑，建筑物的水泥墙上贴着画有武士图案的瓷砖，这种略带苏联色彩的装饰彰显着苏联与蒙古两国曾经的紧密联系——从斯大林时代开始，苏联就致力于推动两国的友好往来。我们站在山顶上审视着这座遭受巨大损害的城市。从1991年开始，这座城市就变成了一个庞然大物，一座狂热的城市，一座被雾气窒息的城市，一座被矿业巨头竞相争夺、充斥着采矿工地的城市。在二十年的时间里，数以万计的牧民被镜花水月的前景所吸引，争相来到乌兰巴托周边的市镇。他们在城市的郊区支起了一个个蒙古包，架起了篱笆，形成了一个毛毡贫民窟，但是他们失败了。他们用马匹换来了汽车，一股脑地涌向市区，导致了日益严重的堵车以及交通瘫痪。现如今，三分之一的蒙古国人生活在首都，无数外国投资者抱着找寻金矿、锌矿和其他稀有矿产的梦想涌向城区，中国商人带来的产品在草原上迅速流行起来，蒙古包群快马加鞭地占领了都市的周边地区。

需要合理地解释这一现象。我们出生得太晚了，没来得及看到那个帐篷遍布、旗帜飘扬的乌兰巴托。我们用缅怀过去的方式来回应这个变丑的世界，但是在我们观察事物的时候，越是追忆往昔，我们就越是会对现在感到失望。我把一本罗伯特·德·古兰写的罗曼·冯·恩琴传记装进口袋，希望可以像

·西尔万·泰松旁边是年轻的法国商人亚历山大·泽克尔（左侧）

旧时的蒙古骑兵一样，即刻动身出发。我和摄影师托马·瓜克很高兴遇见了亚历山大·泽克尔，他让我们有机会体验这次非凡的经历。这位年轻的法国商人住在新德里，他向乌兰巴托出口了二十余辆英国皇家恩菲尔德牌（Royal Enfield）摩托车，准备向自己旅行社的游客推出草原探索之旅：旅行的终点将是戈壁的边缘。在蒙古首都郊区的旅行分社里，他迫不及待地向我们这些即将动身的游客介绍着旅行线路，以及沿线穿越的牧场和河谷。这是一个活跃的小伙子，对蒙古文化充满了好奇，喜欢探访边境地区，一点都没有时下年轻人常见的尖酸刻薄，只是偶尔会嘲笑一下旅行社难听的名字——"复古骑行"。

· 这位蒙古女人的脸上写满了对摩托车的好奇

· 在牧民的营地前停留。三分之一的蒙古国人过着游牧或者半游牧的生活;三分之一的蒙古国人定居在首都乌兰巴托

· 对于那些选择继续以饲养为生的蒙古人来说，日常生活变得困难重重

三辆摩托车排成纵列，我们的队伍出发了。我们以每小时六十公里的速度穿过了西城门，朝西行驶。在蒙古帝国鼎盛的13世纪，蒙古骑兵就是沿着我们今天行进的方向去征服整个欧亚大陆的。天空很黄很脏，经济的增长也带来了"毒药"——硫和一氧化碳。这些在昔日蒙古帝国前线上发展起来的城市有这样一个优势，那就是它们会忽地一下子消失，大自然尽情舒展它的风光，城市与郊区的转变非常迅速。突然间，草原就展现在了我们眼前。草原沿着太阳落山的方向向远方伸展，从这里到咸海，基本不会变化……一条柏油马路穿越草原，通往一个较大的市镇——达陈陈曾市。再向前走，我们的车队将只能看到几条小路纵横交错的草原，在极少的地方还会有一两座村庄。我们觉得自己仿佛穿行于海洋，淹没于这片空旷的世界。昔日的蒙古人把这片土地看得格外圣洁高尚，他们称之为"腾格里"，即天堂。

在接下来的十天时间里，草原的各种面孔相继呈现在我们面前。在艾蒿草的清香中，圆丘懒洋洋地铺展着碧玉色的单彩画。热浪侵袭的平原向远方延展，布满牲畜粪便的牧场给人以灼热感，山谷似乎一望无际，山丘之上时而出现蒙古包或者牧群的影子。草原之旅仿佛一次航海旅行。在这里，我们更看重目的地。因此，方向比线路要重要，找准方位基点比旅途过程重要。蒙古包就像是航海旅行的浮标，是我们抛锚驻扎的地方。毛毡蒙古包基本保留了远古时代的样貌，没有太大的变化。早期的游牧民族发明了这种可以抵御寒风，用三匹马便可搬走并且冬暖夏凉的居所，这无疑是一大创举。法国历史学家

·结实的皇家恩菲尔德摩托车非常耗油,但是蒙古国的加油站非常少

勒内·格鲁塞在其著作《草原帝国》中,大大赞扬了蒙古包的发明,认为这项发明将游牧艺术上升到了文明的高度。

　　旅行途中的一天,住在奥基湖畔山坡上的畜牧养殖者达玛、诺吉夫妇在他们的蒙古包中接待了我们。他们为我们端上了美味的奶酪和酥油茶。天气炎热的时候,他们便生活在这里,依靠肉奶为生。每年的11月,他们会把牧群赶到木制牲畜棚中,在零下四十摄氏度的天气里,牲畜棚可以起到很好的避寒保温作用。他们向我们回忆起2010年的冬天,一个巨大的冰层覆盖了草原,连续两年牲畜们都缺少饲料。我们把摩托车停

· 一路上,我们沿着河流行走。河水很深,水中的鱼很多。
挥几次钓竿,就会有奇迹产生

在门口,达玛站在那里,用眼角的余光注意着牧群的走向。我们喝着乳清,接着,主人为我们端上了煮好的羊肉。大家用手在公共菜盘里翻找着肉块,一片沉寂中,我们只能听到咀嚼骨头的声音,大家啃着淌着肥油的肉块,连刀子都不用了。酒足饭饱,每个人的脸上都洋溢着饕餮一餐后的喜悦,每个人都充满了无尽的活力。有人跳上马背,有人骑上摩托车,我们再次出发。

　　蒙古人很喜欢我们的摩托车。越来越多的蒙古人骑着中国产的小摩托车来放牧。我们沿着弯弯曲曲的奥克洪河向前行驶，时而穿越巨大的玄武岩——岩石几度让我们的车子爆胎，时而又行进在如细毛毡般柔顺的草原上。中亚的太阳穿越云层，在草原上散落了斑驳的耀眼的光。正是光线赋予了草原各种各样的变化，让它有了缤纷色彩；光线改变着草原的形状，为它注入了生命的气息，令它闪动着亮色的波纹。从这个角度看，草原就是画家笔下的画布，太阳让它变得多姿多彩。

但是有时候，在一些沙漠地段，我们不得不紧握车把，或者加大油门，免得因为缓慢而陷入到杂草丛中去。一些内流河缓缓地穿过草原，有时会挡住我们的去路。我们就涉水到河的对岸去，在过河的时候，内心总是萌生出一种强烈的捕鳟鱼的念头。蒙古人将肉类视为神圣之物，相反，对鱼类却非常不屑。所以，当我们从皮包里抽出钓竿时，他们一点都不会生气。

每天都有沙粒从天而降，天空和大地一样，总是变化多端，它把草原当成了自己坏脾气的发泄场所。风暴非常猛烈，难以预测。因此，在第三天晚上抵达成和尔县的温泉疗养所是个不错的选择——我们可以在冷杉林边的天然泉水中温暖一下被冻僵的身体。

· 在这里,"欢迎"并不是一个空洞的词。我们每到一处,当地的牧民几乎都会在蒙古包里为我们准备丰盛美味的全羊宴

· 坐落于乌兰巴托南部的苏联式建筑物

在通往成吉思汗帝国故都哈拉和林的途中，我们的摩托车表现良好。在空旷无边的草原上驾驶摩托车是一种充满哲思的行为，一种赫拉克勒特式（赫拉克勒特，古希腊哲学家，他将王位让给了兄弟，自己选择隐居——译者注）的运动。身体笔挺，一动不动地坐在摩托车座位上，眼睛凝视地平线，耳朵倾听活塞发出的声音。"发动机轰隆隆地响着，只关注其内在的力量。"罗贝尔·M.皮尔斯格在著作《参禅与摩托车维护条约》中这样写道。白色的道路像缎带一样匆匆向身后掠去，头盔构成了一个冥思静想的独立空间。

皇家恩菲尔德摩托车的发动机是由"复古骑行"旅行社的机械师维护的。我们骑着摩托车，听着发动机有规律的轰鸣声，感觉整个世界都踏着统一的步伐在前进。摩托车匀速穿越草原，所有景象都转瞬即逝，又会再次出现，形成一个机械的往复循环的过程。白云下，雄鹰盘旋飞翔，牧民们不得不召集起牲畜，继续上路。圆圆的蒙古包上升起袅袅炊烟。在喜马拉雅山过完冬的黑颈鹤在我们头顶飞翔。

当我们抵达哈拉和林时，风暴把天空一分为二。西边，一片乌黑，暴雨倾盆而至；而东边，阳光依旧灿烂。在飓风卷起的尘土中，我们抵达了旧时皇城的城墙。城中有许多舍利塔。这座古城是成吉思汗的儿子建立的，14世纪末被明朝军队占领。整个蒙古的历史都与这座城市的命运有着密切的联系，因为它曾经是全世界的中心，又是明军马蹄下的废墟。

我们在距离古城一百多公里的山谷里露营，这里已经开始出现沙丘，戈壁初见雏形。篝火的火苗让摩托车的零件暖和起来。明天，我们将为摩托车热身，去除车内的沙石碎片，重新踏上哈拉和林/乌兰巴托的柏油大马路，终于可以松一口气了。但是要注意路边随时会出现的鸡窝，在我们头盔上空一百尺的地方，还有寻找马儿做猎物的秃鹫。在驾驶的途中一定要保持精神高度集中。驾驶摩托车需要内心的专注，皮尔斯格没有说错。

突然，空气再度变得刺鼻起来，天空污浊不清，车辆越来越多。眼前没有一匹马的踪影。乌兰巴托，一座污染的、受伤的城市出现了。像牧民交还马匹一样，我们需要交还摩托车才能进城。这是一种不幸，抑或是一种机遇，但是无论如何，我们已踏上回家的路。

翻译：张 蔷
摄影：托马·瓜克（Thomas Goisque）

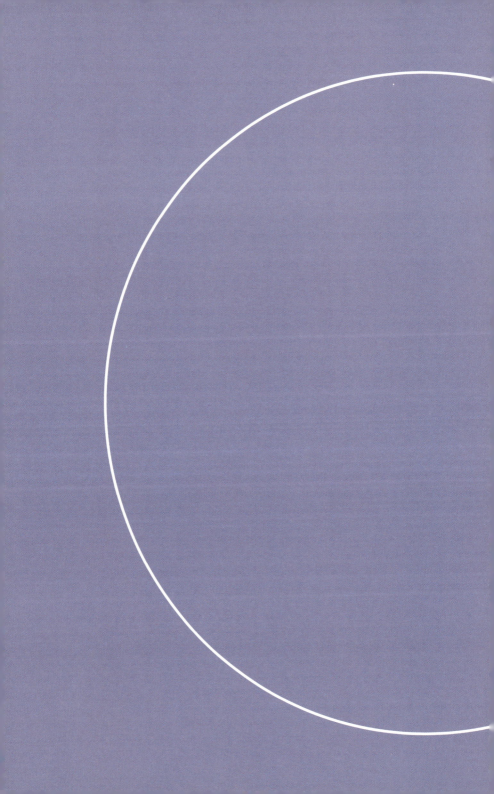

**EN SIDE-CAR
DANS L'HI VER
MONGOL**

# 冰原上的铁骑巡游

　　这是一个人烟稀少的国家，严寒和冰霜冻结了这里的一切。西尔万·泰松正驾驶着皇家恩菲尔德摩托车去造访最后的游牧民族——托图哈人（蒙古人称之为察坦人）。这些牧民居住在库苏古尔湖，与世界的步伐完全脱节。

· 宽一百四十米的湖面上,行驶着几辆
  前往探访梦幻国度的三轮摩托车

· 刚巴正在湖面上凿冰用来回去泡茶,一旁的坐骑打了加防滑钉的马掌

    每年3月初,在距离蒙古国首都乌兰巴托西北八百公里的库苏古尔湖,人们都会庆祝冰雪节。这里离俄罗斯西伯利亚边境线骑马大约有几天的路程。艺术家们从大草原四方汇集而来,争相发挥自己的灵感,在剔透的冰块上雕凿出各种成吉思汗的蒙古帝国中的神话人物。除此之外还有树枝扎成的鹿、中国传统文化中常见的公鸡、永远不落的太阳等。在距离哈特高市镇的不远处林间的河道上,竖立着一尊尊冰雕,每一件都像是精美的石碑,大家都知道它们的身影终会消散,美丽却短暂。而人群中的佛教徒们则表示,更准确来说,应该是"因为短暂,所以才美丽",

就如同佛经中所形容的"如优昙钵华,时一现耳"。阳光透过这些林立的精美艺术品洒在四下,而此刻周围的环境温度只有零下二十摄氏度,一切都要等到4月,随着春天的到来才会温暖起来。而当下,冰块只显示出它坚固的那面,似乎永远都不会融化。

在我们看来,这些正等待时间来慢慢消融的图腾展览就像入口一般,等待我们去探访它们身后的冬季王国——那里如梦似幻。当我们骑着皇家恩菲尔德摩托车正式踏上冰面,沿着湖面的道路开始旅程时,我们完全无法想象这样一个大溜冰场

· 本地孩子骑着小牛一般大的牲口,他所继承的传统正在逐渐消失

· 露营地,篝火边的谈话充斥着关于神话和地理的话题

可以美得如此震撼。透过这扇窗，我们得以窥见另一种冬季的壮观风景。冰层从1月就开始逐渐冻结，此刻则反射出我们及身上装备的倒影，这倒影与我们一起前进，使得我们不禁产生了疑问：是不是真正的我们正在镜子的另外一面行驶，而我们才是倒影。厚厚冰层下布满了像是脑血管一般错综复杂的网状纹理，有时也还能见到深陷其中的大型冰裂，它们像是幽灵船上一抹白色船帆，又像是太空中超新星爆炸留下的星云。大自然的鬼斧神工在此为我们献上了激动人心的景观，而我们有幸检阅了这些梦幻的形状。我们正在勒内·马格里特梦境般的画作中前行。在这里水是固体的，冰面、天空与整个湖泊浑然结合为一体，宛如巨大的瓷质平原。每当看到冰面上泛起彩虹般的光晕时，我们都会产生错觉，似乎我们的摩托正在一大片水域中疾驰，从而不自觉地紧握手中的刹车。最终理性被我们强制唤醒，抑制住我们因感观而产生的幻境，告诉我们现在没有危险，轻微的颤动并不是为了让我们陷入深渊的诱饵，这里目光所及的一切都冻得严严实实，厚达一米的冰层足以支撑我们的轮胎所承载的分量。更况且，我们现在身处冰面，即使想停下，恐怕把刹车捏断也无济于事。要在冰面路途中活下去的"铁律"就是继续前进，这与索米尔的黑骑士学院（Cadre noir de Saumur，法国著名马术培训学校——译者注）响亮的口号如出一辙：向前，既冷静又疯狂。

  亚历山大·泽克尔就充分理解了这两条掌握摩托车驾驶生命线的要领。作为"复古骑行"旅行社的创始人，这位年轻的企业家从几年前就开始向进阶摩托车手推广独具特色的旅游

· 皇家恩菲尔德摩托车列队前行,身后几乎可以说是库苏古尔舰队的全家福

・一位牧民正在切驯鹿肉准备用来做晚上的汤

服务。至今已为数千位旅行者提供了向导，足迹遍及印度、泰国的雨林以及不丹的山地，蒙古也位列其中——泽克尔和他的团队已经将其开发成为充满诗意的新爆款目的地。毕竟这里的一百五十万平方公里大草原和沙漠零星分布着柔软蒙古包。荒原狼乐队论坛上就有摇滚乐爱好者对此评价：对于喜爱带着装备来这里放飞自我，"置身于空间中"的旅行者来说再适合不过了。

当泽克尔得知了位于萨彦岭以南的库苏古尔湖后，他就立刻开始着手设计这里的三轮摩托车之旅。库苏古尔湖占地三千平方公里，栖身于海拔一千六百米的高原之上，可以说是缩小版的贝加尔湖。泽克尔邀请了几位朋友共同加入这场奇妙的冰面之旅，这些人一开始还很不愿意。然而今天早上当他们见到湖面后就已经极为震惊：湖的状况和他们想象的完全不一样，无所适从，他们甚至怀疑之后是否还有车程。但是很快大家就在纯粹的自然之美中开始了既没有水也没有船的湖面之旅。泽克尔从技术层面对于这次旅行的规划就如同水晶一般通透简单：经过冰层上的道路穿越湖面到达对岸，在那里有流向北方的额金河，然后趁着太阳还没落山，抓紧继续南下，赶到有散落托图哈人居住的区域，他们饲养着在21世纪已经濒临灭绝的驯鹿。这里的生活就像是对于现代化的嘲讽，自由而尊贵。

为了到达在库苏古尔湖中部的岛屿，需要在冰面上不断绕行以避开大的冰裂。湖面冰层的表面如同地幔一般层层叠叠且不断受到挤压，每个板块互相碰撞，这种构造形成了冰面的独特的纹理，当摩托车在冰面上呼啸而过时偶尔会听到冰层碎

· 年轻蒙古小伙子正用他的雪橇拉着家里的蒙古包

裂的声音。我们就好像行驶在一张布满了利摩日瓷器和巴卡拉水晶器具的桌面上,而在冰层下还藏着深一百三十米的"地窖"。在这巨大冰场上三轮摩托车的优势便体现了出来:其更好的稳定性确保了车身的平衡,从而能避免因为打滑而导致的翻车事故;同时也让我们的旅途变得更加的安稳,因此非常适合这次的蒙古之行。就算遇到意外落水,外挂的车斗还能作为救生小艇。

我们的三轮摩托车是大胆混搭的成果。让·比代尔是一名机械工程师,他一生的时间除了花在驾驶上,就是在整备挂在拖

车后面的收割机,也是他想出了把俄罗斯产的乌拉尔车斗挂到印度产的皇家恩菲尔德摩托车上,从而打造了我们此次旅行的交通工具——它是集优雅与力量而一的印俄融合杰作。20世纪初期,英国的皇家恩菲尔德摩托车还只供军需。摩托车组装厂在同一条生产线上还生产过大炮、步枪等军备。1990年,印度人买下了该品牌,同时投产了"子弹500"型号。他们没有更改英国品牌原来的标语:"造车如造枪。"这不禁让人联想到保罗·莫朗(Paul Mrand,1888-1976,法国作家——译者注)的精彩格言:"所有子弹的梦想就是被打出去。"只不过和保罗·莫朗对

· 路途中的某次跨越由于挤压造成的板块交界。如果冰面裂开，车手能跳入边上的车斗内并指望能把它当成小船救生

于旅游的概念不同，我们并不是赶时间的旅客。我们的行程步步为营，从蒙古包到露营地，一边沿着悬崖边以六十公里每小时的速度前进，一边欣赏着沿途如诗如画的风景，当然，路上偶尔会惊扰到牧场里路过的牦牛或是绵羊。当地牧户刚巴在晚上接待了我们，准确地说是我们一路颠簸到了他家的小木屋里。我们把车一字排开停在了他家门口，经过一晚上零下三十度的酷寒，明天早上必须得先花时间用火把加热车身，将保护壳外面的冰都给化开才能上路。印度产的摩托车来到这样的冰天雪地显然水土不服，表现出种种不适应。多亏了我们团队里的另一名机械师加纳，他的高超的技术加上让·比代尔对于摩托车保养的丰富经

验,帮助我们解决了在这天寒地冻的蒙古高原上骑行的重重障碍。这中间似乎也有着很多运气的成分,可能是当地传统萨满教的神灵保佑着我们,连我们的机械师都表示:"我不得不说,这机械里面的确有些玄学。"

刚巴和他的妻子普杰一起管理着由五百头各种牲畜组成的牧群,用他们的话说叫作"各种牙口"的牲畜。山羊、绵羊、马、牦牛,混合着各种动物"咩咩"和"哞哞"的叫声在河岸边不绝于耳。再过几周,刚巴一家就要出发去游牧了。从这里到高山牧场大概有五天的步行路程。蒙古包会交给牦牛驮着,而狼群则在一旁虎视眈眈,伺机狩猎落单的脆弱个体。这时候就靠狗把牧群给聚拢起来。动物大队在落叶松间穿行时,起伏的皮毛就像潮水涌动一般波澜壮阔。

到了饭点,普杰准备了咸奶茶,冲了拌面粉的羊汤。这对夫妇是整个国家大约一百万游牧或半游牧牧民中的一分子,而整个国家人口只有三百万。13世纪时,蒙古人统治着从朝鲜半岛一直到匈牙利、从贝加尔湖一直到安南海岸的广阔土地,威震四方,连俄罗斯帝国都饱受其威胁,难以与之匹敌。而今日的蒙古,每平方公里土地平均都不到两人。"所以说这里的人啊",我们一边握着皇家恩菲尔德的车把一边想着,"在撼动完世界,足迹遍布欧亚大陆的尽头后,现在的蒙古人反倒能心平气和地待在他们的蒙古包里嘬着马奶,等待经济救援计划的消息了。"

这就是驾驶摩托车的好处:在路途中,大家可以一边驾着整备完好的车,一边在轰鸣声中进入自己的思考。我们沿着游牧

・零下十五度，机械师正在冰天雪地里修理由于撞击造成的轮轴损伤

路线继续向西，只不过比牧期要早了几个星期。途中穿过的层层密林以及陡峭的峡谷，在一个月之后就将迎来牧群的大狂欢。行进途中也得处处小心，需要仔细地沿着之前的车辙，绕开挂满霜冻、堆着皑皑白雪的树根，不时还要从树枝下的空间穿过，避开松垮的雪坡，小心河道露出的粗糙岩石。挂着俄罗斯小车斗的皇家恩菲尔德摩托车还算轻便，能够从容应对这危机四伏的大自然。路上遇到的当地人对我们的外挂三轮都感到十分稀奇，对于他们来说更习惯于骑马或者是骑中国产摩托车。在山脚下路过敖包的时候，我们按照当地习俗进行了祭拜并绕着敖包走了几圈。这些石堆表达了对上天的敬意，而祭拜过程之一就是需要顺时针绕圈走。《丁丁在西藏》中，夏尔巴人就对阿道克船长说过："先生，你往左走！"出于我们对传统的尊重，加上印度设备的可靠，我们整体旅途都还顺利。多年来我们经常骑着俄罗斯摩托车四处游荡，对于各种技术故障早已司空见惯。

在肯钦-克鲁姆贝村另一边，有人在积雪中点燃了篝火，而我们也加入了聚会中。此处稀疏地长着几棵落叶松，距离俄罗斯边境大概一百公里。一户人家住在这里一间四处可见缝补痕迹的小帐篷里，看守着他们为数六十头左右的牧群，等待冬天的结束。驯鹿在羸弱的日光下反刍着，四下舔着地上的盐，用分叉的蹄子刨着雪以便能露出底下的苔藓。乌伏多是这里牧民家族的族长。他原本出生在俄罗斯。1960年，国境线沿着萨彦岭的山脊将图瓦人一分为二，这位老人突然发现自己处在了蒙古这一边。一部分族人翻山越岭回到了俄罗斯，另一些则继续留在蒙古生活。这些人就好像是乌兰泰加山的阿拉卡卢人

·旅行守则：行车靠燃油，车手靠咖啡

（印第安人的族群——译者注），他们现在的数量还有多少呢？"可能还有几百吧。"乌伏多回忆道，他还记得早年间曾经有过好几年的时间都没有护照，直到蒙古官方将他们的身份合法化以后才颁发了身份证件。

令人感叹的是，游牧民不再适合这个习惯于受政府管辖、受个人所控制、受到文明和统一的道德圭臬所约束的现代世界。所幸这些摩托车手已经继承了这种诗意的游牧精神，只要见到他们心仪的一望无际的地平线，仅仅是动起来就能为他们带来精神力量。这种精神力量具体指什么呢？可以说是自己争取来的自由、内心的平和，以及对于美景的思考。当他们满足于过去时，这种精神就会变得更加优雅。

翻译：马炜珉
摄影：托马·瓜克（Thomas Goisque）

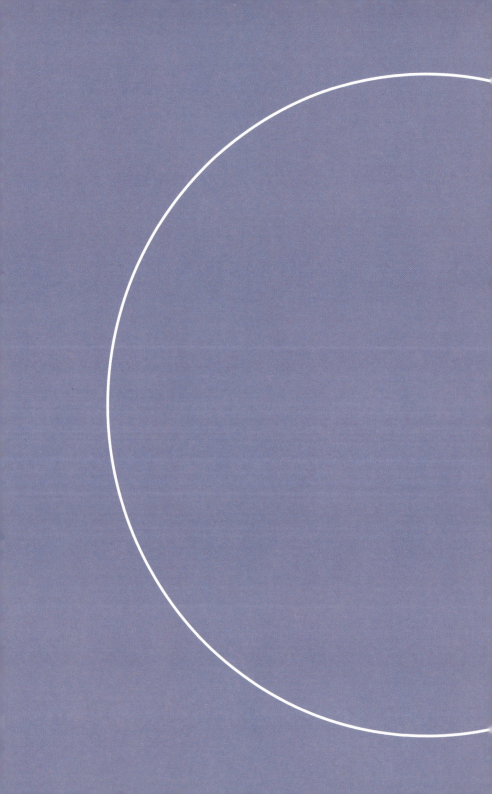

**SYLVAIN TESSON
À L'ASSAUT DE
L'AIGUILLE CREUSE**

# 诺曼底：致敬绅士大盗

西尔万·泰松身着礼服,头戴礼帽,追随法国作家莫里斯·勒布朗笔下主人公亚森·罗宾的脚步,前往位于诺曼底埃特尔塔海岸的空心岩柱。在岩柱之上,泰松向法国人民发出号召,希望他们能够重拾法兰西文化的精神特质:快乐、随性、友谊、享受生活,以及冒险精神……

· "这是一个无人问津的堡垒,建在比公共广场还要宽阔的花岗岩底座上。"

没有一座悬崖峭壁是不会让人为之心动的。在诺曼底，岩壁呈金黄色，宛如黄油一般。在悬崖下面，昂蒂弗海滩连接着勒阿弗尔和埃特尔塔两个小镇。昨夜，我们躺在海滩的鹅卵石上，安然入睡。昂蒂弗海滩坐落于阿尔巴特海岸线，周边的悬崖峭壁高达八十米。在这里，那些绝望无助的人选择跳下悬崖结束生命，当地的自杀率一直居高不下。我躺在睡袋里，忍受着跳蚤的骚扰，心想要是被神经衰弱的诺曼底人压死，那将是多么荒诞啊。

清晨，在捕捉蛾螺之时，我们乘着小船出海。菲利贝尔·赫姆头戴圆顶礼帽，负责划船，丹尼尔·杜拉克头戴大礼帽，负责掌舵。在漆黑的海面上，我们穿着一身燕尾服，着实有些荒唐。我的两位朋友使劲地划船，而我呢，坐在船上看着海岸缓缓移动。的确，沿着海岸航行，就像在用宽银幕镜头拍摄沿途风景：犬岩、天然岩石拱桥、詹堡海滩。沿着船首轴线望去，在正东方的不远处，空心岩柱静静地矗立在海面之上。它就像一块磁铁，深深地吸引着我们。随着太阳缓缓升起，海面上泛起点点银光，海边的白垩岩闪烁着光芒。这便是诺曼底清晨的喜悦，能够照亮当地人忧郁的内心。在岸上，一些海鸥正抖动着身体，其中几只应该是笑鸥。19世纪的画家只需俯身，便可捕捉此景，将之绘成一幅完美的风景画。

早上7点，我们在空心岩柱的脚下靠岸。我和杜拉克带着一百米的攀岩绳索走下小船，差点儿把船给弄翻了。菲利贝尔·赫姆则继续用桨将船划到下游之门的另一边，打算将它停泊在人洞（Trou-à-L'Homme）里。这个天然洞穴因附近海域曾发生的沉船事故而成为旅游胜地。画家劳伦斯·博斯和出生在诺曼底的出版商奥利维耶·弗莱布尔先于我们抵达岩柱附近。在弗莱布尔的带领下,博斯攀登至天然岩石拱桥的顶部,随后架起画架,准备作画。她一边听着弗莱布尔朗读莫泊桑描写海岸的段落,一边用画笔勾画下游之门。在这段写给好友福楼拜的文字中,莫泊桑描写了耸立在海岸边的悬崖,认为它们既"适合勇敢的女性攀登者",也适合"身体灵活且习惯于攀登悬崖的男性"。

那天早上,就连执法的警察也充满诗意。他们忙于执行"疫情防控指令",同意我们攀登空心岩柱。

我们差不多用了一个小时的时间才攀爬至岩柱的顶部,因为岩石不够结实,攀登起来难度较大。我们因此无比怀念上萨瓦省的花岗岩。在岩壁上,不少在森诺世(Senonian)时代(正如福楼拜小说的主人公布瓦尔和佩库歇所说)白垩层中形成的燧石裸露在外,让我们格外小心翼翼地攀登。经过七十年的岁月洗涤,岩壁上的岩钉已经生锈,给人一种安全的错觉,但攀登者一旦跌落,它们就可能会断裂。当我们蹑手蹑脚地到达岩柱顶部时,刚好8点。潮水涨了起来,岩柱有些抖动。我们一动不动地站在这个舒适宜人的地方,置身于天空与大海之间。随后,我们在岩顶插上了一面法国国旗。在共和国失去的领地上安插国旗,这显然是合适的。

1942年,一支德国登山队登顶空心岩柱。此后,几个诺曼底登山者也成功抵达岩柱顶部,但他们没有一个人将法国国旗插在上面。然而,正如宪法学者所强调的那样,若要收复被占领的国土，还需要一份法律声明或公开声明。在这个早晨，可以说法国领土全部获得了解放。当然，这只是个小玩笑而已。其实，早在1936年，法国登山者皮埃尔·阿兰就已经完成了登顶空心岩柱的壮举。这位伟大的登山者和优秀作家曾说："登山运动是一场属于最后的探险骑士的游戏，让人热血沸腾，充满危险。"而且，我们始终不曾忘记，空心岩柱是追求自由、充满想象的超现实主义英雄亚森·罗宾的故乡。在岩顶稍作停留后，我们差不多得进行垂降了。在此之前，杜拉克需要先加固一枚半个世纪前固定在岩顶的意大利岩钉，然后再在空中摆动绳索。因此，我还有五分钟的时间向不在场的法国人宣读岩柱的号召。尽管没有听众，但希望它可以传播得很远。

我们沿着绳索迅速垂降至岩柱脚下，脱下燕尾服并将它塞进航海背包，准备游到詹堡海滩。在经过两次世界大战期间挖掘的渔民隧道后，我们与菲利贝尔·赫姆汇合了。他一直带着小船在人洞里等候我们。随后，我们搭乘小船来到埃特尔塔海滩。我们没有任何可疑之处，看上去就是三个刚游完泳的蹩脚游泳者。在抵达岸边后，我们遵照现行防疫要求戴上了口罩。当然，我们的口罩可没亚瑟·罗宾的天鹅绒面罩那么舒服，而且还把我们脸上心满意足的笑容给遮住了。冲动万岁，持续不懈万岁！

· "这块巨大的岩石顶部细长，就像是巨型海怪的牙齿。"

## 岩柱的号召
## 为了唤醒法国的冲劲

究竟是什么让我们法国人如此悲伤?

有时,在世界眼里,法国是悠闲的故乡。

俗话说:"幸福得如同上帝在法国。"

但为何我们变得如此凶恶,如此悲伤?

生活很艰难,这一点从未曾改变,我们对此心知肚明。

但正是因为悲痛,快乐才弥足珍贵。

这个号召并非是任性的异想天开,而是一份请愿。

让我们回顾一下21世纪以来的情况。

无论看着屏幕,还是戴着口罩(两者并无区别),

大家各自监督着自己的邻居。

但我们深知自己的权利,感到自己被冒犯。

有人揭发,有人审查,有人要求纠正。

我们互相监督,互相指责,语言被操控。

有一个词叫作"歧视"。

有些人试图重塑一切,包括城市形状、风景面貌、语言内容、古老生活方式及历史书籍。他们呼吁新土地和新语言!

但结果呢?无非是管理者的次语言,技术与道德层面的秩序。再也没有人在家庭聚餐后高歌一曲。

多么乱糟糟的地方,多么令人厌烦的工作!

每个人都感到不幸,认为法国就像通往地狱的入口。

我们对苏丹知之甚少。

· 西尔万·泰松将这块铭牌安置在空心岩柱顶部，以后登顶岩柱的攀登者都会看到它

如此的一幅图景，还没有莫奈的海景画显得有生气。

我们不喜欢诸如此类的阴郁，更喜欢亚森·罗宾的刺激和空心岩柱的精神。

莫里斯·勒布朗笔下的这位主人公既无意改变世界，也不想惩奸除恶。

在白色岩柱的顶端，他蔑视空想，嘲笑老者，挣脱禁锢。

他反对因循守旧的命令，但既不付诸暴力，也不予以严肃精神。

他彬彬有礼地进行反抗，宣扬冲劲这个快乐的代名词，歌颂懂得享乐的国王。

- "犹如一顶竖立在空中的尖顶无边帽。"

他身上同时流露着无政府主义者和封建领主的气息。

冲劲一词，所要表达的是对风格的幻想、对生活的无怨、对自由的热爱以及对美好事物的品味。反之，便是无趣的生活，正如心理健康部门以"为了您的健康和安全"为由营造的生活。

冲劲是我们失去的宝藏，是随心所欲，是我们共同的悠久记忆。

或许，法国的精髓就在于此：政府严肃与民众快乐的交汇。

我们这些人，热爱岩柱，不喜欢游行，别无他求。我们小心翼翼，以免让石头掉落下来。我们崇拜那些比自己更加古老的事物，那些在岁月流逝中留存下来的痕迹，那些居高临下的山峰。

相比安全，我们更崇尚自由；相比健康，我们更热爱生活；相比承诺，我们更喜欢怀旧。我们想要去爱、去喝酒、去唱歌，但既不需要被教导如何生活、如何表达自己，也不需要知道要用何种面具隐藏自己或者要忏悔什么。

我们喜欢岩柱，因为它们是避难之所，就像巴塔哥尼亚、圣徒修行的石柱、几处花园、几座博物馆或好友之间的聚餐。

埃特尔塔峭壁的岩层诉说着时间的深度，那是记忆的沉淀；燧石坚硬锋利，那是傲慢的精神；太阳晒向影子，那是户外的快乐；大海不知疲倦地翻卷波浪，那是流动的力量；岩柱傲然挺立，面朝大海，背向陆地，那是礼仪的距离。

在岩柱的顶部，可以尽情呼吸，可以畅所欲言，可以举目千里，那是无比重要的自由；大海、天空和阳光，那是我们法兰西的口号。

岩柱是岁月留下来的沉淀，游离在行政管辖之外，因而显得更有魅力。在这里，我们每个人都可以自由地表达自己的爱，无论是之于法国，还是之于朋友，抑或是之于快乐、艺术、动物或历险。岩柱虽带有些许裂痕，但都战胜了地心引力。当周遭的空气变得越发浓稠，何不动身前往岩柱，去了解它们，去触摸它们，去登上它们的顶尖？愿悠久的岩柱能够刺破那些新生的幻想！

* * *

我愿意分享同行者菲利贝尔·赫姆对这次攀岩所撰写的下面这篇文章。

## 亚森·罗宾的行动

他拥有一艘潜艇，每小时航行八十多公里，可以向世界任何地方打电话……倘若以这些为依据，你想必会认为亚森·罗宾这个人物从未存在，他完全是作家莫里斯·勒布朗想象的产物。但不管你相不相信，我都要告诉你，在前几天攀爬空心岩柱的时候，我确实看到亚森·罗宾了。而且，我不是唯一一个看到他的人，我的同伴们都是目击者。他们的名字，我稍后再告诉你，因为是我决定要把一切都说出来的。那一天，当你好不容易等到十五岁开始读小说《空心岩柱》时，便会发现侠盗亚森·罗宾绝非等闲之辈。他是一个矛盾的存在，没有什么社会地位，虽说母亲出身于没落的贵族家庭，但父亲却是平民教师；他是一名盗贼，寻获了法国历代国王的宝藏，同时也深爱着一个名叫莱蒙德的年轻女孩，并因此深陷于爱情的伤痛之中；他是一个拥有贵族血统的平民，一天之内便能在公爵和鞋匠之间轻松转换，然后次日又化身为爬山者。不同于攀岩，爬山是沿着山坡往上行走，适宜人群因而也更加广泛。但实际上，两者并无实质差别。无论是攀岩者，还是爬山者，他们都无法忍受仰望一座高山、一座山丘，或是一座小山岗。他们之所以如此，绝不是因为傲慢，也不是为了降低胆固醇，而是出于一种崇拜。爬山者用双脚致敬山峰，这是他们的特权。

亚森·罗宾是真实存在的，这是无可争议的。他的存在是必然的，不仅是因为我看到他了，而且也因为如果没有他的话，世界可能会看起来很糟糕。"虽说生活总是千篇一律，但仍然是令人喜爱的。年轻人，你只需要知道这个道理……我吧，一直都是知道的……"在《空心岩柱》的结尾，亚森·罗宾如此说道。

但几个星期以前，我其实什么也不知道。出于个人习惯，我没有提前告知便冒然拜访西尔万·泰松。他接待了我，看上去他有点情绪低落。我的意思是，比平时更加低落。"我没心情开玩笑。"他说道。在他家里的木质餐桌上，放着一本翻开在最后一页的攀岩路线指南。这本黑白指南年代久远，由蒙特勒伊红星俱乐部登山处发行，上面记载着一支德国登山队曾在1942年登顶了著名的空心岩柱。"然而，这真令人生气，你明白吗？如果说在这以后，没有人再登顶过岩柱，那就意味着

西尔万·泰松与丹尼尔·杜拉克一起登顶空心岩柱

岩柱仍在德意志国的统治之下。"在泰松看来,这事关领土主权的取得方式,比如征服、优先购买或先占。我对此一无所知,但明白当务之急是将空心岩柱从日耳曼的枷锁中解放出来,收回失去的领土。人总会为自己的探险找到各种理由。亚森·罗宾们和伊西多尔·博特雷们(《空心岩柱》里的一名业余侦探——译者注),他们需要去营救孤儿,去纠正错误,或者把坏人送进监狱,而我们则是为了攻克德国纳粹在法国的最后据点。不过,这倒也不是什么难事。我为此申请了两天的调休假。

泰松很快地组建了一支队伍,成员除了我之外,还有丹尼尔·杜拉克、奥利维耶·弗莱布尔、劳伦斯·博斯和托马·瓜克。杜拉克是泰松的老朋友,长得又高又瘦,既敢于攀登高峰,也喜欢平淡无奇的字谜游戏;弗莱布尔的职业是出版商,专门为读者提供人间食粮和精神食粮;博斯是一位令人钦佩的画家;瓜克是一位摄影师。我正好有一艘小船,可以载着大家前往空心岩柱。

我很乐意提供这艘小船,为我们这项看似无用的事业服务,但也提前告知过泰松,它只能承载两个人的重量。然而,实际上,我们最后是三人同时乘着小船在海面上航行。不过,这丝毫没有影响泰松的冲劲,因为他习惯于不严格按照标准来准备装备,比如,他在需要潜水气瓶时选择浮潜,套上一件毛衣便敢穿越北方森林。如此,既有意料之外的惊喜,也省去了相对的麻烦,让他的探险充满妙趣。"所谓友情,便是重逢。"罗歇·尼米耶(Roger Nimier,1925-1962,法国小说家——译者注）在小说《剑》中如此写道。"应该是在陷入困境时的重逢。"泰松补充道。

为了确保成功登顶岩柱，杜拉克和泰松提前准备了一些常用的冰山攀岩设备，包括些许岩钉、膨胀螺丝和十几个铁锁。诺曼底人生性固执，但倒也拥有不少疏松材料：富饶的牧场、大块的黄油、悠久的干酪及易碎的石灰岩。诺曼底就像当地美食甜牛奶米糕一样松软，这让我们喜爱不已。

前一天晚上，我们在悬崖脚下露宿，试图确定亚森·罗宾是无政府主义者，还是正统主义者，或者有时两者都不是。杜拉克对这个话题兴趣不大，便跟瓜克谈起自己严格的饮食：为了保养肝脏，所有食物都要去皮，但会大量增加鹅肝酱、鹅油及鹅肉酱的摄入来润滑肌腱。劳伦斯·博斯是怎么在绘画中捕捉我们的呢？恐怕只有老天才知道吧。不过，至少在她的作品中，我们看起来都神采奕奕。

但当时我们还不知道，泰松早已尝试攀登过空心岩柱，但最后以失败告终。那是在三十年前，泰松只有十八岁。他与好友艾瑞克·杰拉尔意气洋洋地向空心岩柱致敬，但却徒劳无获。那时，在下定决心后，他们便迫不及待地从迪耶普出发，驾驶一艘充气船沿着海岸航行。这艘充气船是他们向埃特勒塔报社购买的，看上去就像是沙滩玩具，其实并不适合用于出海。他们一路用双手划船，当好不容易抵达空心岩柱时，却遇到了一股巨浪。充气船被推撞到礁石上，裂开了一个大洞。泰松拼尽全力地攀登岩柱，但当到达第一颗岩钉所在之处时，岩钉突然断裂了。泰松立刻跌落到大海里，与早在那里的杰拉尔

· 一支由赫姆、泰松和杜拉克三人组成的罗宾突击队已准备就绪

相聚了。警察们天生惧怕冰冷的海水，一直等到他们脱身后，才来一探究竟。三十年后，我们选择重头再来。当年，从岩柱上跌落下来的时候，泰松牢牢地抓着那颗断裂的岩钉。此后，他一直把它放在书架上当作摆件，纪念那次失败的英雄之行。但失败是无法接受的，必须得做点事情，而这正是我们此行的目的。

在人洞深处，我感觉自己就像退隐江湖的绅士大盗。他们是劫富济贫的侠盗，是不计利益的征服者，但因时代原因而受到蔑视。他们的恶作剧不仅没有起到任何作用，反而还耗时耗力。或许，亚森·罗宾还是找到了跟自己旗鼓相当的对手：严肃精神。但对我们来说，就像京葱酸醋沙拉和赛璐珞衣领那样，幻想和冲动似乎都已经过时了。因此，当泰松和杜拉克攀爬岩柱时，我们其他人选择驻足等待。

翻译：孙　娟
摄影：托马·瓜克（Thomas Goisque）

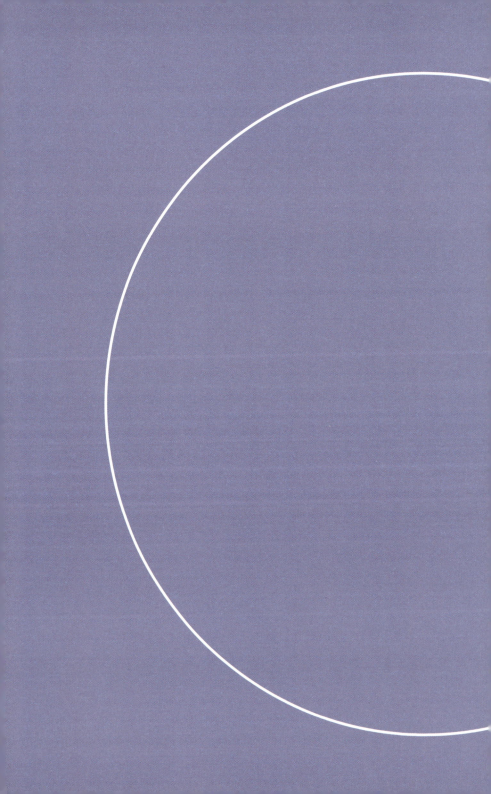

**L'ODYSSÉE
DE SYLVAIN
TESSON**

# 文明诞生之地

西尔万·泰松应欧洲德法公共电视台之邀,沿着荷马笔下英雄奥德修斯的足迹,从土耳其出发前往撒丁岛,带领我们一起穿越见证西方文明诞生的地中海。

当我们在第勒尼安海上航行时,夜幕降临了。漆黑的夜空下,海面如丝绸一般柔和。我们乘坐着这艘以法老阿肯那顿命名的帆船(主桅高于后桅),以八节的航速,沿着一百八十度的航向,缓缓地驶向斯通波利岛。在夜色的笼罩下,这座火山岛远远地出现在地平线上。"等天亮的时候,我们就到了。"船长话音刚落,海面突然变得熠熠生辉。原来,帆船驶入了一大群夜光游水母之中。只要轻轻一碰,这些水母便会发出荧光,这种现象被称为生物发光。我们就在如此的奇景中度过了一个美妙的夜晚:火山喷射的熔岩宛如烟花,清

·在阿玛尔菲海岸,西尔万·泰松在船上阅读荷马的《奥德赛》

· 阿肯那顿号帆船即将抵达那不勒斯的蛋堡

澈的银河一泻而下,海面上波光闪烁。此时,黑夜就像诗人兰波一样,为我们呈现出一幕神奇壮美的歌剧。"我时而也见过人们幻想中看到的奇境。"曾当过伞兵的副手吟诵起记忆深处兰波诗歌《醉舟》中的诗句。大海是幻想的孕育之地,世界是多么的美好。这个我们想要通过此次海上之旅验证的观点得到了充分的证实。

古希腊人在尊重现实的同时,也充分发挥了自己的想象力。三千年前,在这片被神话和水母点亮的海域上,奇迹应运而生。当时,一些古希腊人决定将自然现象与天神的存在联系起来。

从此，任何自然现象都被视为天神的话语，任何生物行为都被视为天神的启示。总之，天神会说话。但那时，天神的语言还不是永生的承诺。的确，一切都在当场上演！无论是世间万物光辉闪耀，还是大自然频频震动，都是天神传递的信息。凡人虽不能看到天神，但可以收到他们通过大海、凉风或飞鸟传递来的信号。这并非是通向彼世的希望，而是让眼前所见之物变得绚丽多彩。简而言之，正如已故的法国哲学家克莱蒙·罗塞所说，不要向现实宣战。我们之所以踏上此次海上之旅，主要是受到了维克多·贝拉尔的启发。这位法国学者具有独创精

· 那不勒斯大学古典考古学教授马特奥·达昆托带领他的学生，向着海拔高达一千二百八十米的维苏威火山山顶攀登

神，专门从事古希腊研究。在第一次世界大战爆发前夕，他以亚历山大体诗歌的形式将《奥德赛》翻译成法语，并声称这部古希腊史诗其实是一本加密的航海手册。日内瓦大学学者艾斯戴尔·索耶尔先前曾告诉我们，贝拉尔认为"荷马的史诗并不是纯粹的虚构，而是对腓尼基人航海时期的地中海的忠实描述"。1910年，为了证实自己的猜测，贝拉尔在摄影师朋友弗雷德里克·布瓦索纳的陪同下，乘坐一艘单桅帆船，开启了重走奥德修斯返乡之路的地中海之旅。

## 海风中的考察

在一百多年后的今天,我们并不打算重新扮演贝拉尔的角色。事实上,我们船上没有一个人有贝拉尔那样的口才,也没有一个人像他那样学识渊博、举止儒雅。但我们有一件大家竞相争夺的宝贝——贝拉尔的《追随奥德修斯的足迹》(*Dans le sillage d'Ulysse*)。1933年,在贝拉尔去世后不久,布瓦索纳在阿尔芒·科兰出版社出版了这本奥德修斯专辑,并在里面收录了自己拍摄的一百六十五张照片。这两位好友的实地调查之

·在斯通波利岛周边海域,加埃塔诺·库索利托正在收起渔网

旅该是多么的快乐呀。

我们带着一本奥德修斯专辑而不是《米其林指南》开启此次地中海之旅,还有什么活动会比这更让人充满活力呢?我们吟诵着荷马的诗句登上海岸,向当地居民了解奥德修斯的旅程,询问他们提到荷马时是否会想到什么,还在水手身上寻找奥德修斯同伴的身影……这些都是我们随时准备着要去做的事情。

神话地理是一种充满趣味的游戏,它的美妙之处也正是其局限性的体现:神话地理不是一门精确的科学。但我们可以自由地选择相信,还可以通过装饰来丰富现实。这是多么神奇的青春之泉啊,人生顿时变成了一场寻宝之旅。寻访神话传说中的地方让这趟旅程变得丰富多彩:地理环境化身为荷马故事人物的背景。当我们看到一座山脉时,就像看到了一位天神的府邸。当我们发现一处小海湾时,便会想起那些美艳的女神。当然,我们深知这一切并非真实存在。诗人肯内斯·怀特称之为"地理诗学",而此刻在船上的我们,更乐于将之命名为"奇妙的地理"。

## 审视世界的诗意

画家乔治·布拉克曾说:"只有在诗意光芒的照耀下,真实才会显现。"我们对此深信不疑,绝不允许在没有画家登船的情况下起航。因此,我们邀请画家劳伦斯·博斯一起踏上此次地中海之旅。在为期一个半月的旅程中,博斯负责用画笔捕捉那些看不见的光芒。她的每日一画总是让我们赏心悦目。在

- 在伊斯基亚岛上，达昆托教授向我们展示了一件8世纪的藏品，并揭示了它背后的秘密："这件藏品叫作涅斯托尔之杯，它的典故出自《伊利亚特》。"

甲板上，我们抽着托斯卡纳雪茄，品尝着希腊葡萄酒，看着画布在晚风的吹拂下慢慢变得干燥。这样的每日恩典让我们的记忆变得丰富多彩。

我们在马赛抛下船锚。卡朗格峡湾的石灰岩洁白如雪，犹如爱琴海的大理石那般纯净。在阳光的照耀下，马赛的守护圣母圣殿显得熠熠生辉。这座大教堂揭示了地中海的奇迹：作为古希腊罗马文化、犹太教与基督教的孕育之地，地中海见证了欧洲这个奇迹的诞生。正如历史学家费尔南·布劳代尔在三十年前所说

· 利加利岛是阿马尔菲海岸的旅游胜地

· 贝拉尔认为,《奥德赛》第十章开篇提到的这座岛屿就是斯通波利岛

· 火山向导马里奥·普鲁蒂深信斯通波利岛是具有生命的

的那样,这里的一切都体现着三段式:葡萄、小麦与橄榄树;海风、阳光与石灰岩;雅典、罗马与耶路撒冷;基督、凯撒与雅典娜。诚然,这些都是地中海的徽章。

在六个星期的时间里,我们在无序中追寻《奥德赛》的故事,将贝拉尔列出的地点一一连接起来。据贝拉尔所说,奥德修斯从特洛伊出发,在登陆杰尔巴岛、西西里岛和撒丁岛后,抵达了海神之女卡吕普索居住的海岛(位于直布罗陀附近)。随后,奥德修斯离开卡吕普索,继续在海上漂泊。最后,在途经科孚岛后,抵达故乡伊萨卡岛的海岸。伊萨卡岛不仅是久别重逢的故乡,也是每个人内心深处那座试图抵达或忽视的岛屿。

・在巨大的艏斜桅前端捕捉剑鱼。

・荷马地理学的意义在于，将仅在史诗中发生的故事进行精确的地理定位

文明诞生之地

· 蔚蓝、泡沫、岛屿、火山……荷马在创作《奥德赛》时是不是受到了这些具体图景或真实存在的启发呢

贝拉尔凭着自己的直觉、观察和推算,精心描绘出了一张美丽的地图。当然,他的观点很大程度上是幻想。关于腓尼基人海上探险的学说,20世纪的相关研究已提出质疑。不过,沿着看不见的足迹开启一场诗意之旅,的确引人入胜。"如果不借助于不存在之物,那我们会是什么呢?"保罗·瓦莱里在《关于神话的小文》中如此说道。既已踏上旅行之路,不妨打开想象的大门。

为了拍摄此次荷马式的航海之行,导演克里斯多夫·海拉以贝拉尔的地图作为参照。海拉曾是一名主编,在法国东部地区工作,对神话传说情有独钟。在每次中途停靠时,他都会邀请一位客人上船。这位客人可能是一位考古学家,也可能是一位语言学家,还可能是一位艺术家、学者或作家。他们每个人都热衷于古希腊文明,而且都拥有善于谈话的天赋。在闭门不出的时候,不妨与投身于人文学科的同伴们待在一起吧。如此,时间的流逝将会变得更加微妙。

作家斯蒂芬妮·博岱在齐尔切奥峰上采摘了一些金鱼草和天蝎染料木。她告诉我们,荷马笔下那个善用毒药的希腊女神喀耳刻塑造了中世纪女巫的原型。女性拥有孕育生命的能力,同时也是这一生物秘密的守卫者(这些话想必会被性别的研究者们大加指责)。女巫们藏身于森林深处,有可能开创了古代的女性主义。不过,这种女性主义倾向更多是一种玄门秘术,而不是寻求性别平等。现在的生态女性主义会不会是在对喀耳刻进行重新诠释呢?

在维苏威火山口,考古学家马特奥·达昆托告诉我们,意大利人从小就深受荷马的影响："小时候，我的母亲常跟我讲独眼巨人的故事，把我吓得赶紧把汤喝完。"不久后，在那不勒斯地下墓穴里，当我们在像饰品那样闪闪发光的头骨之间闲逛时，他又告诉我们，根据当地传统，正是在这里奥德修斯踏上了冥府之行。说实话，那可是《奥德赛》中最打动人心的章节。

此时，维苏威火山处于休眠状态，但斯通波利火山仍然非常活跃，喷发连续不断，在山顶形成了一个个高耸入云的喷发柱。带领我们上山的向导名叫马里奥·普鲁蒂，是一位土生土长的斯通波利岛民。他告诉我们，在1950年代人口不断流失后，漂泊在外的居民们又回到了岛上，他们都无比兴奋地来到熔岩旁边。"他们深爱着这座火山，深信它是具有生命的。"根据贝拉尔的描述，斯通波利火山是希腊神话中风神埃俄罗斯的府邸。普鲁蒂接着又说道："希腊人都知道斯通波利岛，因为这里曾是他们向北扩张过程中的重要一站。"

在利加利岛（Li Galli，又名"塞壬岛"）上，海鸥在蔚蓝的天空中不断地盘旋。它们凝视着我们，发出阵阵鸣叫。这些海鸥会不会就是荷马笔下那些"对人类活动无所不知"的海妖塞壬呢？

## 沿着路线航行

海妖就像无处不在的间谍，让奥德修斯甚为担心。在《相信神奇》一书中，作家克里斯托夫·奥诺-迪-比奥巧妙地将他们比作互联网四大巨头。在西西里岛上，众神向我们展露笑

· 斯通波利火山尚未进入休眠。维克多·贝拉尔认为，这座火山是风神埃俄罗斯的府邸

容。为了追忆这座太阳神赫利俄斯饲养神牛的岛屿，我们沿着山坡攀登埃特纳火山。行至半途，火山突然开始喷发，当地政府下令疏散登山者，但我们还是想方设法地到达了露营地，伴着火山口喷出的熔岩流度过了一晚。

此处应该就是火神赫菲斯托斯的工匠铺吧。太阳被遮住了，一场风暴正在酝酿。我们开始对《奥德赛》进行解读，以此为乐。远处，在地处卡律布狄斯和斯库拉之间的墨西拿海峡，只见几位捕鱼者攀爬在高达三十米的桅楼上，他们正在捕捉剑鱼。我们认为，剑鱼是阿喀琉斯麾下士兵的后代。在阿喀琉斯死后，他们万念俱灰，纵身跃入大海，其躯体化身于鱼，佩剑化身为长长的上颌。

下山后,我们来到卡塔尼亚的市场,迷失在托盘、臭气和嘈杂声之中。但我们得采购食物,补充船上的库存。在市场里,西西里的菜农和渔民蜂拥而至。这不禁让我们想起古希腊诗人赫西俄德的一句话:"天神藏起了人类的食物。"荷马在《奥德赛》中也曾表示,怀念那个不复存在的世界,那个慷慨献出其丰硕果实的黄金时代。

## 从一座岛屿到另一座岛屿,<br>直至到达温情脉脉的伊萨卡岛

文献学家安德里亚·马可隆戈在科孚岛登船后,向我们讲述《奥德赛》的女性世界。她在《英雄之行》一书中证实,爱情是人类最英勇的冒险。在甲板上,这位宛若女神的来客跟我们解释,荷马笔下的女性在多大程度上体现了矛盾和复杂的特征。

我们无法完全重走贝拉尔描绘的奥德修斯返乡之路,因为人类关系无可避免地恶化(普遍将之称为"进步"),我们无法在21世纪自由地航行至地中海的南侧和东侧。因此,必须为奥德修斯的海上探险设想其他的落脚点。

根据导演克里斯多夫·海拉的提议,我们将米科诺斯岛确定为食莲者之国。贝拉尔以经院哲学为根据,认为杰尔巴岛是奥德修斯遇到食莲者的地方。据荷马所述,岛上长有一种名叫忘忧莲的果实,味道甜美。奥德修斯的伙伴们吃下这种果实后,便将返乡之行忘得一干二净。米科诺斯岛深受欧洲人的青

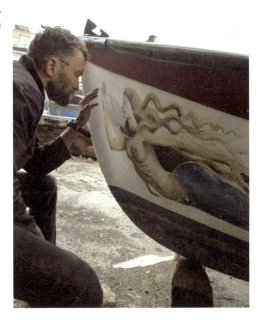

- 在这幅继《奥德赛》之后创作的埃皮纳勒版画里,荷马笔下的海妖塞壬上半身裸露,形象诱人,不免让人联想到斯堪的纳维亚海怪

睐,岛上的夜总会每年都会吸引大批年轻人。他们彻夜跳舞狂欢,以此来忘却烦恼与不幸。在岛上最大的夜总会里,DJ跟我们说:"我通过调高音量,控制四千人的大脑,这真是太刺激了。"在乐池里,电声乐队弹着贝斯,像极了奥德修斯那些因误食忘忧莲而失去记忆的伙伴们。

我们就这样日复一日地在海上航行,从一座岛屿到另一座岛屿,直至到达温情脉脉的伊萨卡岛。岛上的空气清新甜美,不枉奥德修斯为重返故土而不惜历险漂泊十年。无论是每一次

文明诞生之地 | 129

相遇,还是每一阵海风,都让《奥德赛》这部活生生的史诗展现在我们的眼前。每天早上,瑞士考古学家帕斯卡尔·西蒙都会在甲板上跟我们讲述古希腊迈锡尼文明覆灭的历史。他告诉我们,公元前8世纪,在经历了长达四百年的黑暗与野蛮后,古希腊重获新生,荷马为其献上诗歌。而且,也正是在这一时期,文字确定采用,文化再度繁荣,诗歌开始盛行,艺术逐渐形式化。与此同时,古希腊人从海上传来佳音,他们开始传播自己的智慧,建立殖民城邦。《伊利亚特》和《奥德赛》是新生的载体,使古希腊人对自身有了更加清晰的认识。两部史诗汇集了各种信息,也记录了如何驾船、祭神、宴饮、作战等生存法则。可以说,两部史诗塑造了集体身份认同的意识。不过,关于这方面,切莫大声谈论,因为"身份认同"这个词可能会惹人不悦。有些现代人认为,世界在他们出生的那一刻才诞生。在他们看来,集体身份的观念是对个体意识的无视。自恋的纳西瑟斯想必不喜欢荷马。

## 知道自己是谁

此次航行带给我们的快乐莫过于意识到,在过去两千五百年的时间里,这片在阳光照耀下的海域竟丝毫没有改变。生活始终以同样的节奏进行着:渔民们出海捕捞,农民们忧心忡忡,大海波光粼粼。我们扬帆起航试图寻找的,正是这些永恒不变的事物。在这个地球上,变化是假象,明天不过是幻觉,而"人类的完美"更是天方夜谭。

· 在斯通波利岛上的火山口，总是弥漫着嘈杂的声音

　　荷马的过人之处在于，用两部史诗创造了一个汇集人类万般可能的世界。在他的诗句之间，涌现出了形形色色的人物：英雄和乡巴佬，流浪汉和勇敢的母亲，粗鲁的人和高贵的女仆……荷马将他们一一召唤，进行描写，展现人类社群的全貌。史诗中的每个人物是代表着一类人，而荷马则是承载整个人类的诺亚方舟。每个人都能在荷马史诗中找到自己的身影，或是认出一位熟人。在阅读的过程中，你可能会产生诸如此类的想法：我的修车师傅真像狄俄墨得斯。我真像厄尔皮诺。我的姐夫就跟欧律玛科斯一样自命不凡。同样，我们也在现实生活中的人身上看到荷马的光芒，比如在基克拉泽斯岛码头上一

· 从悬崖跳入大海，诠释把握时机的艺术

位年轻少女的眼神中，又如在市场里一位剑鱼卖家的臂力中。诗歌也因此变得有血有肉。无论是在第勒尼安海或爱琴海的海岸，还是在伊奥利亚群岛或爱奥尼亚群岛，我们总会遇到渔民、船匠、水果商或牧羊人。他们无意中证实了一个事实：荷马未死。

各地的渔民和船长让我们更加坚信帕斯卡尔·西蒙的观点：人需要一则故事才能知道自己是谁。的确，人类不能离开神话。不从这些古老文本中汲取养分，远比偷懒更加糟糕。因为那无异于固步自封，即将自己局限在自我之中。如此行事的人总是面带悲伤，无知却自以为傲，困于百无聊赖的当下。

尽管城门已关闭，但我们随时可以用全新的眼光去阅读《伊利亚特》和《奥德赛》。在闭门不出的时候，神话是拯救我们的一剂良药。

当特洛伊木马携带病毒进入城市时，我们惊慌失措，甚至全身无力，但这并不妨碍我们兴致勃勃地走进那扇唯一敞开的大门——诗歌的大门。

翻译：孙　娟
摄影：托马·瓜克（Thomas Goisque）

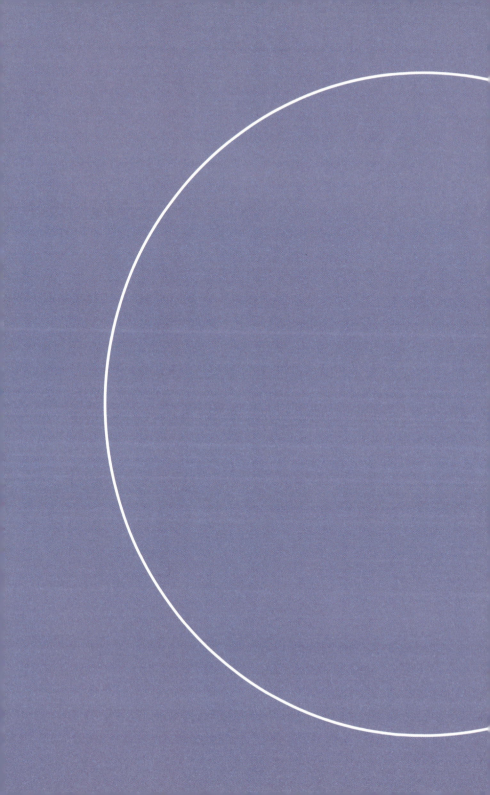

POUR LA
CROIX ET
L'OLYMPE

# 追寻拜伦的足迹:
# 十字架与奥林匹斯山

·位于迈索隆吉翁潟湖前的圣皮埃尔教堂

自君士坦丁堡被奥斯曼帝国攻陷后，土耳其人逐渐占领了希腊全境。两百年前，希腊人民在伯罗奔尼撒半岛发动起义，反抗奥斯曼帝国的压迫。英国诗人拜伦奔赴希腊参加起义，不幸因病离世。作家西尔万·泰松前往迈索隆吉翁，希望在这座曾作为希腊独立战争中心的城市，寻找拜伦的足迹。

"去寻找……战士的墓地，
那座你所需的墓地；
环顾四周，选一处地方，
静静地安息吧。"

希腊唯一一位女性高山向导法妮·库斯佩特库向我们朗诵起拜伦创作的最后一首诗歌。这首诗歌写于1824年1月25日，即拜伦三十六岁生日当天。三个月后，这位诗人因病离开了人世。此刻，我们身处在一座献给圣尼古拉的岩洞之中，已经走了十二天的山路，目的是为了开辟一条攀登线路，向不惜生命追寻自由的诗人拜伦致敬。

两百年前，即1821年3月25日，在帕特雷城进行宣誓后，伯罗奔尼撒半岛的希腊人奋起反抗，试图摆脱奥斯曼帝国的桎梏。1453年君士坦丁堡陷落后，土耳其人建立的奥斯曼帝国便占领了希腊。如何来形容土耳其人的统治呢？法国作家维克多·雨果在《东方诗集》中，用这么一句诗描绘了他们近四个世纪的扩张史："土耳其人所到之处，一片废墟，生灵涂炭。"从亚美尼亚到布达佩斯，从未有人对雨果的这句诗提出过异议。

### 希腊：欧洲文明之母

起义之火点燃了整个希腊，战火持续了近十年。对于希腊来说，独立是无价之宝，但为此付出的代价也是沉重的。英勇的战士不惜为之抛头颅洒热血，但后人却在节日的气氛中将之

·在圣尼古拉洞穴的露营地,法妮·库斯佩特库向我们朗诵起拜伦的诗句:
"世界正在与暴君交战,难道我要屈服吗?"

淡忘。19世纪,荷马笔下的希腊早已不复存在,众神也不会从天而降,化身为骁勇善战的将领。但为了赢得民族的解放,希腊人民自发地从全国各地奔赴战场,形成了一支无政府军。在这支军队里,有水手,有牧羊人,有僧侣,有拦路强盗,还有王室贵胄。在长达十年的时间里,他们屡次反抗将雅典卫城变成清真寺的奥斯曼帝国。希腊人自古以来热衷内斗,这导致起义军内部发生分歧。不过,尽管希腊人不够团结,但他们也让世人看到,阿喀琉斯的英雄主义和奥德修斯的顽抗精神并不是纸上空谈。当时的欧洲,人们刚从拿破仑时代的动荡不安中恢复过来,完全没有意识到一场无休止的十字架与新月之争已拉开序幕,并将书写出人类历史上最旷日持久的史诗之一。

19世纪,欧洲人凭借言论和行动赢得荣耀,文艺创作者影响着世界的命运。在他们之中,诗人拜伦最有热忱,同时也最焦虑不安。1824年,这位诗人奔赴希腊战场,最终在战友们的陪伴下离开了人世。拜伦的牺牲刺激着整个欧洲,各国纷纷表态支持希腊人民。无论是在英国,还是在法国和德国,人们崇拜拜伦的才华,阅读他的作品,但也指责他荒唐的行为,更有甚者公开表示对他的蔑视。不过,司汤达、雨果、大仲马和歌德都曾表达过对拜伦的崇拜之情。拜伦虽拥有英国上议院的议员席位,但更将自己视为一位东方领主。拜伦的作品虽不多,但饱含着诗人的热忱、困惑、审美意识及朦胧的伤感,体现了浪漫主义的风格特征。拜伦曾游历东方,歌颂过神话人物,写下了犹如阳光般耀眼、强烈的诗歌,既俘获了平凡女子的芳心,也赢得了最优雅的英国贵妇们的青睐。作为死亡和享乐的奴仆,拜伦喜欢黄金、鲜血、战争与自由。在他身上,可以看到二重性的具体体现:勇于战斗的诗人,追求享乐的神秘主义者,过着苦行生活的贵族。但对于这位才华横溢的贵公子,我们不能这么简单地进行定义。据说,拜伦甚至和同父异母的姐姐生下了一个孩子,这显然是有悖伦理的。拜伦因此被迫离开英国,前往威尼斯避难。在那里,他邂逅并爱上了一位年轻的伯爵夫人。这段爱情让拜伦深陷痛苦之中,让他宁愿"为事业而死,而不是为女人",并最终决定为希腊的独立献出自己的才华和财富。对于拜伦来说,此次前往希腊更像是重回故地,因为他在1812年创作的长诗《恰尔德·哈洛尔德游记》中,就

· 拜伦勋爵的身上有哈姆雷特和堂吉诃德的身影,他的雕像守护着迈索隆吉翁

· 在迈索隆吉翁的博物馆里,弗里扎基斯创作的油画《拜伦抵达迈索隆吉翁》等待着访客的到来

已经表达了对深受土耳其压迫的希腊人民的同情。拜伦绝不允许任何人践踏自由。

## 笔与剑

1824年1月,拜伦抵达迈索隆吉翁,踏上了这片曾赋予欧洲意义的土地,并与饱受压迫的古老希腊民族一起并肩作战。在参观迈索隆吉翁博物馆时,我们在一幅油画前驻足凝视。这幅油画由希奥多罗斯·弗里扎基斯创作,描绘的是拜伦抵达希腊时的场景。1822年,土耳其联合埃及包围了迈索隆吉翁。

从此，当地人民在封锁中艰难生存，伺机逃离，等待奇迹。根据油画所绘，当拜伦来到迈索隆吉翁时，妇女们双膝跪地，神职人员为他祝福，起义者呐喊欢呼。在他们眼里，拜伦就是救世主般的存在。倘若诗歌能够鼓舞起义，那么自由终将赢得胜利。在这幅油画里，远处是一座倒塌的宣礼塔，预示着文明即将回归，背景是一面巨大的石灰岩峭壁，面朝用于农耕的平原，背依帕特雷海湾。这座峭壁名叫瓦拉索瓦，高达八百米，距离城市大约十公里。我们把它当作神庙的外壁，将在上面刻下拜伦的名字，开辟出一条攀登线路。换言之，我们将用运动来致敬至高无上的美德——自由。我们以此来缅怀那些人们为了信念而奋不顾身的年代。简单地来说，我们并不是为了自己才进行此次攀登。

## 开辟一条登山路

法妮、杜拉克和我一行三人，在距离海平面三百米的高山上艰难地攀登了整整一个星期。每天早上，我们解开绳索，借助岩壁上的裂缝一边往上攀爬，一边清理掉松动的岩石，目的是为了开辟出一条登山之路。在杜拉克的带领下，我们向着山顶一步步攀登，耐心地设置攀岩点。日复一日，岩壁被开凿出了一条攀登线路，但不变的是，大海始终波浪汹涌。有时，一缕阳光穿透云层，洒在被火烈鸟染红的潟湖上，宛如一顶桂冠。天生跛足的拜伦，有没有像我们这样尝试一些类似杂技的运动呢？拜伦虽不参加体育赛事，但作为一名游泳健将，他曾横渡博斯普鲁斯海峡。拜伦从这一壮举中获得的自豪感远胜于诗歌带给他的成就。我们几个人虽没什么游泳天赋，但懂得攀岩，也喜欢作为格斗的诗歌。当攀登线路开辟完成后，我们沿绳索下降至山脚。根据登山者的传统，法妮在山脚下为这条攀登线路命名。她用蓝色的墨水写道："为纪念拜伦勋爵的真心。"此后，选择这条攀登线路的登山者，他们或许会想起，曾有一位诗人在此地献身于自由。他热爱生活，将自由看得比健康更为重要。

## 宁死也不屈服于土耳其

拜伦不惜花费数万美元，雇用信仰基督教的苏利人，组建了一支雇佣军。有时，当不发挥想象力的时候，这位诗人确实展现出了真正的战术。他了解生活在山区的希腊人，认为当务之急是为他们配备轻型火炮，方便他们在山地运输。要知道，即使是沿海国家，往往也是依托山区开展战斗并最终赢得胜利的。在迈索隆吉翁度过的四个月时间里，拜伦制定进攻计划，会见起义领导者，时常骑马散步，也朝天空开枪，最后还感染了沼泽热。生病期间，拜伦经常做梦，感到希腊起义混乱不堪，终将失败。但在他意料之外的是，自己的离世引起了欧洲的轰动。在他去世的消息传开后，土耳其人欣喜若狂，欧洲浪漫主义者哀悼他们的引路人；英国人原谅了他的罪过，同意将他的遗体运回英国安葬；情人们感到心痛不已，贵族公子们为之惋惜，学生们把他的诗歌紧紧地抱在胸前。与此同时，在

·泰松的笔记本,上面绘了两条攀登线路

欧洲刚兴起不久的亲希腊主义(philhellénisme)——蕴含着对古希腊文明的热爱及对现代希腊苦难命运的同情的双重意义——得到了进一步发展。忽然之间,希腊被冒险者和神秘主义者视为至高无上的地方。什么?拜伦为自由献出了生命,而我们却什么也没做?"支援希腊委员会"在各国首都成立,来自德国、英国、俄国、法国、波兰、芬兰等国的志愿者也纷纷涌向希腊。他们缺乏准备,但却令起义者大受鼓舞。现在,人们可以前去迈索隆吉翁英雄陵园,缅怀这些曾为自由而战的勇士。雕像、牌匾、十字架、骨灰龛,它们在树荫下长眠,上面

- 我们在瓦拉索瓦岩壁脚下靠岸。1824年的希腊人缺少什么呢?在拜伦看来,他们缺的是"一个适合山地作战的炮兵仓库"。

写着战士的姓名和国籍。石碑上镌刻着一排排殉难者的名字，看起来就像欧洲委员会的出席人名单。夜晚，在岩壁上安装完岩钉后，杜拉克和法妮沿着陵园的小径散步，在墓地边上低声谈论希腊。

在拜伦去世后，迈索隆吉翁的局势每况愈下，很快被土耳其人包围。虽然城市尚未被攻占，但随着封锁的持续，面临严重的食物短缺。1826年4月，起义者进行了最后一次英勇反抗，虽然冲出了城墙（现在仍能看到遗迹），但最终还是被土耳其人击退。在苏丹军队及其阿尔巴尼亚士兵的追捕下，起义者不得不退回到城里。城里的居民不愿落入土耳其人之手，宁可选择用炸药炸死自己。因拜伦之死而点燃的亲希腊主义之火，此刻被希腊人民宁死不屈的精神再次燃起。这一次，欧洲各国决定介入。终于，以拜伦为首的亲希腊主义冒险家与艺术家，成功地影响了政府的决策。英法俄三国联军驶入爱奥尼亚海，在纳瓦里诺湾将土耳其-埃及联合舰队彻底击败。政府终于愿意倾听诗人的声音了。1830年，希腊在伦敦会议上宣布独立。从军事上来说，来自欧洲各国的志愿者并不能有效地扭转战局，但他们的到来也算偿还了欧洲对其文明发源地欠下的文化债务。同时，亲希腊主义也为欧洲学者提供了创作故事的灵感来源。他们虽未亲赴战场，但不约而同地通过艺术和文字进行诠释：法国浪漫主义画家德拉克洛瓦创作了一幅名为《迈索隆吉翁废墟上的希腊》的油画；夏多布里昂、罗西尼、古诺等最优秀的艺术家都纷纷表示支持希腊的独立；作家雨果发出号召（1827年）："去希腊吧！去希腊吧！再见了，你们！一定要去希腊！"对于来自欧洲各地的支持，无论是美学上的、精神上的，还是政治上的，希腊都表示欢迎。面对共同敌人奥斯曼帝国，欧洲各国团结一致，编织成了一件五颜六色的小丑演出服。

思想的狂欢

基督教徒奋起战斗，为的是捍卫十字架，反抗新月。"要耶稣还是奥马尔，要光环还是头巾？"雨果在诗歌中如此写道。温克尔曼和歌德唤起了欧洲艺术家对古希腊文化的敬意，促使他们为拯救意志消沉的众神寻找良方。于是，在迈索隆吉翁的平原上，上演了人类历史上最漫长的一场梦境：寻求雅典和耶路撒冷的和解。在当时的法国，保守派试图维护宗教信仰，批判大革命，而浪漫主义者努力捍卫人民的自决权。拿破仑旧部虽已无参战资格，但因怀念昔日战斗岁月也纷纷加入这场混战。19世纪初出生的青年们，他们如缪塞描述的那样消沉颓废，但不再因为没有像父兄那样光荣作战而感到遗憾：他们错过了法兰西帝国的冒险之旅，但希腊为他们提供了施展抱负的舞台。事实上，他们因波旁王朝复辟而感到心灰意冷，对路易十八的倒行逆施深感不满，但却在希腊的土地上看到了排解忧愁的希望。在那里，他们将获得属于幸存者的勋章：记忆和伤疤。即便是那些养尊处优的贵公子，当他们内心深处的中世纪情结被苏格兰诗人沃尔特·斯科特唤醒后，也义无反顾地奔赴希腊战场，以十字军东征那样的声势，重演亚瑟王的传奇故事。总而言之，在这场以希腊为主题的"声光盛会"中，每个

· 在面朝迈索隆吉翁的瓦拉索瓦岩壁上,我们开辟了一条攀登线路,并将之命名为"为纪念拜伦勋爵的真心"

人都有让自己心满意足的收获。无神论者为雅典而战,基督教徒为耶稣而战,极端教徒为十字架而战,自由主义者为自由而战,进步主义者为人民而战,学者们为雕塑而战,老兵们为战斗而战,年轻人为青春而战,神秘主义者为文明而战。他们每个人都不惜拔下自己的羽毛,为阿马托勒斯和克莱普特两支希腊游记队披上战衣。他们的参战目的虽各不相同,但都面对着共同的敌人,正如任何神圣的联盟那样,敌人成为了凝聚这支疲惫不堪的独特军队的力量,充当起了化解分歧的调和剂。于是,迈索隆吉翁变成了一场凝聚信念的盛会,让欧洲的各种差异融为一体。

杜拉克、法妮和我三人紧紧地抓着绳索,期待迈索隆吉翁的奇迹还能重现。在攀登的时候,我们时常爱说笑,甚至建议:"应该发起一场迈索隆吉翁主义运动,那将是真正的欧洲联盟,也就是思想的联盟。"

### 迈索隆吉翁主义和人文主义

不妨再进一步设想一下:迈索隆吉翁主义旨在实现欧洲各国之间的团结,但既不是通过建立共同市场的计划,也不是通过效忠大洋彼岸那个决定我们命运的盟友,而是基于一段辉煌的记忆、一种人文思想、一个共同的美学观及一些世界观。这些世界观表面上看似自相矛盾,但都发源于欧亚大陆西侧的一

·位于迈索隆吉翁中心地带的英雄陵园

- 1826年,在克利索瓦岛上,百来名希腊人曾对抗数千名土耳其和埃及士兵

座半岛,也都经历了三千年的岁月洗涤。当然,我们设想的迈索隆吉翁主义无疑是幼稚的,甚至是愚蠢的。构思这个设想的时候,我们正攀爬在三百米高的岩壁上,脚下是一个散发着神秘气息的潟湖,四周是如高雅音乐般的海浪声。

面对土耳其的步步紧逼,迈索隆吉翁主义将不会仅限于捍卫一种精神象征。凡支持欧洲之理念者都将是迈索隆吉翁主义者。那些尊崇欧洲的人,那些对慈善、民主、嘲讽、自由等源于欧洲的人文主义理念表示认同的人,那些对欧洲曾向世界传播的思想观念有所了解的人……他们都将成为迈索隆吉翁主义的拥护者。迈索隆吉翁主义将成为一座虚构博物馆,一如那座在拜伦失去生命的地方建起的实体博物馆。这座虚构博物馆将汇聚欧洲各种民族文化、美学思想及政治思潮。无论是保守主义者,还是进步主义者,抑或是自由主义者,都可以在这座博物馆里找到一席之地。正如利雪的圣特蕾萨(Thérèse de Lisieux,19世纪的法国知名的修女,后被教会封圣——译者注)那样,他们会说:"我们选择一切!"于是,在这座博物馆里,有十字架和旗帜,有王冠和红星,还有人权和基督教慈善;有圣奥古斯丁和阿拉贡,有兰斯洛特和狄俄尼索斯,还有堂吉诃德和卡萨诺瓦;有骨灰盒,也有权杖;有渴望成功的年轻人,也有因循守旧的年长者;有衣着光鲜的舞者,也有身着长袍的苦修会士……看上去犹如一场狂欢节庆典,像希腊起义军队那样有着形形色色的参与者,也像拜伦那般矛盾复杂:既有贵族般的疯狂,也有恶魔般的活力。但事实上,在风格迥异的服装、头饰或贝雷帽下,有着共同的夙愿和坚守:我们既

·帕特雷,起义之都;迈索隆吉翁,英雄史诗之都;大海,自由之都

不要市场民主,也反对倡导新人类理念,他们浑然不知从何而来,却想去往任何地方;我们也不愿为自己没做过的事向那些所谓的受害者道歉,是他们自己没能做得更好;我们不会抹掉过去,但也不接受一个裹足不前的未来;我们想要去爱诗人,想要看苍鹭翱翔,想要在湖泊中游泳,想要在大山里攀登,想要在洞穴里入眠,想要在有幸被恩典触动时走进一座小教堂。

## 迈索隆吉翁主义和拜伦主义

以上就是迈索隆吉翁主义运动的章程。这份章程是在悬崖峭壁上构思的,而当我们三位制定者从山顶下来后,它便不复存在了。随后,我们将选择另一条线路进行攀登。这条线路既

· 迈索隆吉翁的城墙：1826年，城里居民试图翻越城墙，冲出奥斯曼军队的包围

陡峭又狭窄,犹如花边一样装饰着瓦拉索瓦岩壁。在两天时间里,杜拉克再次带头攀登,我在寒风中为他护航,跟着他一起攀登二百米后,抵达山顶。在山顶上,我们决定用克利索瓦岛的名字来为这条线路命名。不久前,在一位渔民的带领下,我们参观了这座位于潟湖中的小岛。拜伦去世两年后,也就是1826年,在迈索隆吉翁沦陷前几天,由土耳其和埃及组成的联军向这座小岛发起进攻。面对四千名袭击者,百来名希腊英雄进行了顽强的抵抗,仅凭四门火炮便炸毁了苏丹军队的战舰。在克利索瓦岛上,我们大声地念出了三十二名烈士的名字,他们为这场潟湖上的"卡梅伦战役"献出了生命。在山顶逗留片刻后,我们便沿绳索下降,并在山脚刻下了"请记住克利索瓦之战"一行字。

　　为了崇高的事业,只要意志坚定,小石头也能抵御大波浪。

|翻译:孙　娟
|摄影:托马·瓜克(Thomas Goisque)

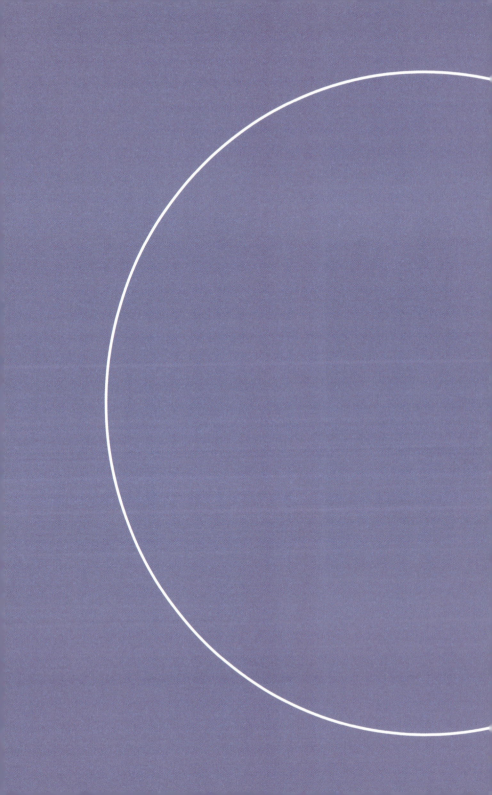

## SUR LES TRACES DES CROISÉS

## 叙利亚：圣地遗迹

· 骑士堡位于叙利亚西部，建于海岸山脉最后的支脉之上

十年内战给叙利亚造成了难以愈合的创伤。这是人类历史上的悲剧：四十多万人在战争中丧生，辉煌灿烂的历史文化也惨遭劫难。从帕尔米拉的废墟到骑士城堡，它们见证了一段与圣地密切相关的历史，让我们跟随西尔万·泰松一起探访这些遗址。

去远方，去生存。耶稣说："来吧，跟随我。"马修无有疑义，立即响应。其行动自带诗意，其态度又显决绝。甚至"起立，然后出发"这样的表达听起来也铿锵有力。公元1095

年，教宗乌尔班二世在克莱蒙发出号召，要求人们启程上路。去哪里？东方。目的？解救拜占庭统治下的基督教徒，解放圣地的教堂。教宗的号召面向所有的基督教徒：有马的农民、贵族和平民、商人和士兵。连儿童也可以参与。

在东方，公元970年，法蒂玛王朝开始统治耶路撒冷。公元1009年，圣墓教堂周围的基督建筑被摧毁。直到16世纪中叶，塞尔柱人揭竿起义，推翻了法蒂玛王朝。他们先后占领了巴格达、安诺基亚，于1071年夺取耶路撒冷。

教宗从未提及圣战二字，也未曾鼓吹消灭伊斯兰教。"十字

· 易守难攻的骑士堡

叙利亚：圣地遗迹

军东征"一词,并非出自教宗之口。它来自历史学家的笔下,他们追溯前尘往事时,将这段历史命名为十字军东征。

热情已被点燃,但它是混乱无序的。公元1095年,一群平民开始行动。他们是否识路?不,上帝会指引他们到耶路撒冷或去往墓地,去往"上帝之所"(这是部队的口号)。几个月后,一支武装部队上路了。几位领主资助了这趟远程,因此这支部队被称为"男爵十字军"。两百年间,无数勇士血洒黄沙,其中永驻青史的有:欧特维尔的唐克莱德,图卢兹的雷蒙,布永的戈弗雷。其间涌现出多个捍卫基督教的家族。这段历史为小说家皮埃尔·伯努瓦提供了丰富的史料。十字军东征持续了两个世纪,直到1291年马穆鲁克攻陷阿卡。

持续不断的十字军东征共进行了八次。打着不同旗号的部队从斯堪的纳维亚半岛、从西西里出发,经由陆地和海洋,冲向耶路撒冷。这片信念所形成的浪潮,怪诞而又灿烂,让人疲倦却又充满算计。这就是人类的历史。

### 兴之所至,即刻启程

我们向着叙利亚海岸山脉前进。连绵不断的北部山脉,隐藏着库尔德式的城堡、奥斯曼时期的庄园和西欧风格的防御塔。迈斯亚夫、洞穴城堡、萨菲泰、索恩和马尔加特:这些城堡像古代的临时祭坛一样遍布在去往黎巴嫩的山脊上。人们形容这些城堡是漂浮在云中的。它们启示人们:生命在于坚守。

东征的十字军部队各怀目的:信仰与救赎,"冒险与战

・在马尔加特城堡挖掘出的十字军箭头

・十字军的锁子甲碎片

·西尔万·泰松摄于骑士堡

功"（引自一枚骑士勋章），贪婪与战争，神圣与纯洁。在成千上万东征士兵中，有不少朝圣者，他们只是单纯地在寻求救赎。几年间，十字军打败了伊斯兰教徒，并在1099年攻占了耶路撒冷。接下来的任务是维护新建的十字军国家：耶路撒冷王国、安条克公国、的黎波里伯国。十字军需要定期换防，给负责戍守的武装教士定期补给。制度逐渐形成。信仰业已演化成历史。

历史学家勒内·格鲁塞形容十字军东征"是一场欧洲对抗亚洲的阶段性战役"。作家雨果在《东方诗集》中歌咏"耶稣与安拉，十字架与双刃剑，光环与头巾"。在21世纪，天平倾斜，人们再次荷枪实弹，现有平衡危悬一线。人们或许可引用内瓦尔的诗句自我安慰："时光会带回旧日的秩序……"醒醒吧！东西方融合，这个亘古恒存的梦想不会在现今实现。

啊，战争；啊，城堡！

我们北上去往骑士堡。骑士堡，译自阿拉伯语卡勒阿特霍氏城堡，直译为"不可夺取的城堡"。1099年，十字军东征耶路撒冷时途经骑士堡。医院骑士团在1144年攻下城堡，并在12世纪中抵御了土耳其人的进攻。强大如萨拉丁，虽然夺取了耶路撒冷，也未能在1188年攻下骑士堡，只能转攻的黎波里。直到1271年，拜巴尔一世领导的马穆鲁克兵团才最终夺取了骑士堡。1934年之前，都有村民居住在城堡内，当时的法属叙利亚托管政府将居民迁移到附近村庄，着手对骑士堡进行修复。

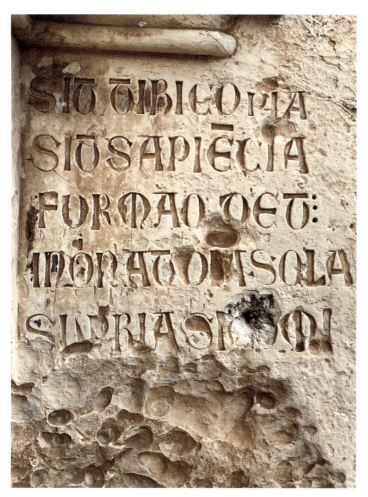

·骑士堡内的题词:"愿你宽容、聪慧、美丽,远离骄傲,骄傲让人失去所有。"

法兰克人认为骑士堡是一个天然要塞,它占据高地,一面可保护十字军通行的海岸,一面可控制后方。十字军在夺取安诺基亚、耶路撒冷后,面临着更艰难的挑战:戍守城堡。出发时雄心壮志,行路艰难,但坚守更难。

"戍守"的军事含义是瞭望远方、抵御敌人。在21世纪,被派遣至阿富汗、马里和伊拉克的法国部队依然沿用了这种古老策略:在基地之间设立检查哨。反抗军在剩余地区活动。北约设立的前线作战基地,作用和骑士堡一样,士兵们只要坚守不出,就可以一边自我安慰依然掌握着区域控制权,一边等待撤退命令。自中世纪战争以来的唯一的变量是:天空。之前,人们在城堡中向上天祈祷。如今,士兵们用飞机守卫领空。

十字军龟缩在骑士堡,监视周围地区。他们在人数上少于敌人。有限的人手从未允许他们真正控制该地区。高大的城堡既象征着十字军的胜利,也暴露了其弱点。他们虽然守住了城堡,但已经无法挽救大局。萨拉丁拿下了耶路撒冷,统一了埃及、叙利亚和美索不达米亚地区的穆斯林军队。安诺基亚陷落,十字军退守塔尔图斯,直至13世纪末离开圣地。十字军布防过于广泛,导致其日渐衰落。

## 塔楼和乌云

我们继续前进。凭借城堡,拜占庭人维护了四百年统治。法兰克人攻克城堡后,对既有建筑进行了加固。我们路上途经滨海要塞萨菲泰城堡,医院骑士团1186年攻陷的马尔加特城堡。在拉塔基,从城堡的雉堞向下眺望,可以看到俄罗斯海军基地。拥有一个地中海港口对俄罗斯来说至关重要。不幸的是,俄罗斯并不濒临地中海。哥特式的马尔加特教堂被征用做考古队的指挥中心。我们碰到另一批匈牙利人:他们熟悉这些对抗十字军的堡垒。祭室的壁画,在经受战火摧残后,仍留有遗迹。考古学是一门赫拉克利特式的学科:历史湮灭、消失,又被重建。齐内普,毕业于布达佩斯大学,她向我们展示了一颗头骨。她说:"这个十字军士兵是在城墙下被射杀的,箭穿过眼眶。"这位骑士肯定无法想象千年后自己成为了这个叙利亚年轻姑娘的研究对象。这让我们联想到巴雷斯的《奥龙特斯的一个花园》,小说讲述了一个法兰克人和一位伊斯兰教女子的爱情故事。

三十公里外的索恩城堡,矗立在一片荆棘丛生的高原上。城外有基督徒挖的护城河。深三十米的河床镶嵌在喀斯特地貌中,现在还留有一根曾用来支撑吊桥的支柱。萨拉丁攻下索恩城堡后,攻防位置互换。圣殿骑士团或医院骑士团只能苦苦挣扎,战败至死。

## 我们向神哭泣

在一片荒山中间,我们找到了洞穴城堡,它曾是"山中老人"的一处营地。"山中老人"隶属于什叶派的分支伊斯玛仪派,又称"刺客军团",十字军曾欲与之结盟,但努力无果。悬崖、山口、森林和无声的太阳:这座城堡的精华仍在。这里

 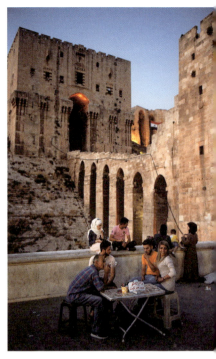

· 在马尔加特城堡,这位考古学家正在展示一颗十字军士兵的头骨。头骨上留有被箭头洞穿的痕迹

· 阿勒颇城堡。因远离市区,2011年后这里未遭受重

是伊斯玛仪派对抗阿拉伯人的最后阵地。1197年,亨利二世以耶路撒冷国王身份视察洞穴城堡,接见了"山中老人"的继任者们。为了向法国人展现将士们的训练有素,国王命令两位士兵跳下城堡。后者立即遵命执行。一段女儿墙隐藏在树莓下,墙下是万丈悬崖,我们一边踱步,一边想象着那些为安拉献身的士兵。

我们再次上路,目标是位于东部平原上的帕尔米拉。高温炙烤着平原。我们向东寻找时光遗迹。沿着幼发拉底河前进,我们到达了帕尔米拉绿洲,在奥古斯都统治时期,它曾经蓬勃

・马尔加特城堡与巴尼亚斯港口相距不远

发展，军队驻守在幼发拉底河边。

弗兰索瓦是我们的技术指导，他熟识所有的断壁残垣。他为绘画艺术和遗产保护协会跑遍了所有古遗址。绘画艺术和遗产保护协会由雕塑家盖尔·哈蒙创建，二十年来，这位有骑士体格的艺术家致力于"将3D技术应用于遗产保护"。增强感现实技术有助于建筑师和研究人员复原古建筑。箭已毁，庙已拆：这是一场同时间的赛跑。这些遗迹因为人类的无作为或是有意破坏正在消失殆尽，人们还有时间用技术将其复原吗？

考古家保罗·韦讷赞叹3D技术对古建筑的再现。他认为，艺术可以借助3D技术传递给后代。而我们这些落后人士，就好像生活在剑龙时代的上古森林，认为科学技术永远不能重现建筑本身的光彩。夜晚，我们在贝尔神庙的立柱下扎营，周围的废墟看上去都比神庙的3D画像壮丽。惨遭伊斯兰极端分子损毁后，贝尔神庙只留下了一扇门。次日清晨，我们顶着烈日出发，脚下踩着玫红色的石头，经过那布神庙遗址，走进一座剧院。台上正在进行表演，观众是一群小学生。舞蹈演员正在展现叙利亚历史：从波斯帝国到阿拉维王朝，再到法蒂玛王朝、倭马亚王朝。这场表演既没有介绍伊斯兰英雄，也没有提及基督教。游览过被伊斯兰极端分子摧毁的四棱柱纪念牌后，我们朝着古老的戴克里先营地进发。

我们为何感动于这些断壁残垣？因为它预兆着我们的未来。作家夏多布里昂在《基督教真谛》一书中写道："人类不过是一座倒塌的建筑，一块罪孽的砖头，一个死亡的灵魂……"生命是一场自我毁灭的旅行。看着这些高大的废墟，

· 位于布斯拉市区的古代剧场建于公元2世纪，是中东地区最大、保存最完整的古罗马剧场

·帕尔米拉古城遗址,位于大马士革东北方向二百公里处

我们得到了慰藉。当夜，芝诺比娅女王的柱头充当了我的床头柜。侧耳倾听，似乎可以听到这些石头的抱怨："你这小人，妄图自抬身价，改写族谱，却屈服于一只跳蚤。你难道不知道，几百年来我们一直在此，骄傲且沉默地等待来者。"作家普鲁斯特认为进步会演变成灾难，惶恐之下，他写道："新生儿落地即已被毁……废墟才是事物的本相。"帕尔米拉遗址是灿烂历史对我们懦弱内心的嘲讽。

叙利亚人民在苦难的深渊挣扎：国家饱受制裁，塔尔图斯平原的粮食产量低下，而来自约旦和黎巴嫩的进口量有限。面对这些不幸的人们，我们的问题似乎有些卑鄙：一旦生活稳定，这些人会对过往深思吗？

已经10月底了。再过两个月，生活在阿勒颇、霍姆斯、大马士革和马卢拉的基督徒们就会在教堂庆祝圣诞节。无论他们是信仰默基特派、叙利亚本土教，还是亚美尼亚人、迦勒底人或是希腊人，当夜都会为去世或流亡在外的兄弟姊妹祈祷。图菲克神父会主持在马卢拉的圣塞日与圣巴克教堂举行的仪式。圣塞日与圣巴克教堂是叙利亚现存最久且依旧活跃的教堂。届时，在教堂金色的穹顶下，图菲克神父会讲述极端分子在他故乡进行的屠杀，以及正在回归的淳朴民风。

东方协会的会长，帕斯卡·格尼诗在专栏写道：与其忧虑未来，不如倾听"山的呐喊"。这呐喊不是复仇之声，而是莫忘历史的呼声。

贝尔神庙的大门，这座古希腊建筑位于帕尔米拉市

· 马卢拉市的教堂,是该国最古老的教堂之一

## 遗迹回忆

在遗迹上方,是天空。公元1世纪圣保罗将基督教带到了叙利亚。在圣诞节,在叙利亚最后一片基督土地上,信徒们会再现古老的欢迎仪式。就像耶稣诞生时,贫穷的人们虔诚地迎接这个在稻草堆里诞生的婴儿。上帝的力量并非来自教徒们的狂热。教会的布道改变了人们的面孔,却从未阻拦住战争。

耶稣替代了罗马教的朱庇特神。在他的感召下,法兰克骑兵穿越海洋和沙漠,来到奥龙特斯河。耶稣教育世人爱与宽恕的影响力远高于炸弹。

圣诞歌在叙利亚已经响彻了二千年。如今,歌声日渐减弱。遗迹可贵之处正在于它们是记忆的载体。

翻译:贾 聪
摄影:托马·瓜克(Thomas Goisque)

**LES DERNIERS
CHEMINS DE
LA LIBERTÉ**

# 通往自由的最后道路

二十五年以来，西尔万·泰松骑摩托车环游世界。值此良机，《费加罗杂志》计划将其文章集结成册，作家特此撰写了本篇旅行感悟，邀请读者忘却俗世，一起远游。

"清晨，出发的铃声不停响起……我应声出发，前往无人等待之地。"为何查尔斯·克罗的诗句时常徘徊在都市人的心上？诗句出自《茨冈人》一篇，而我与茨冈人毫无瓜葛。我出生在法国，父母均是法国人。几百年以来，我的祖辈一直定居于此，耕耘着同一片田地，这段家族史甚至都不配在帕特里克·布歇隆（Patrick Boucheron，法国历史学家——译者注）的书中作为注脚出现。看！我的姓氏没有显示出丝毫异国情调：泰松（Tesson）、米勒(Millet)、穆尼耶(Mounier)！我无法声称自己在一个多样性的家族长大。那我来自哪里呢？单调？

我和一些背景相同的朋友，一些和我一样没有吉普赛血统的志同道合者，游荡了三十年，从帐篷到轮船，不停转换，从未停歇。如果这种对于长途旅行的狂热不是一种诅咒，那是什么呢？但我从不承认这个事实。旅行是个人对审美的追求，能够逃离现实是一种恩赐，生命是一条流动的河水，以上任何一个理由都比真相听上去美妙。啊，我喜欢这些经典借口。我活得就像鱿鱼：噗，一团墨水喷出。向后滑行，消失在墨团中。事实上这种软体动物必须不断向前游，才能把水从鳃中排出。按理来说，终有一天我会停下脚步。旅行，急流勇退，然后思考整理，由此成为更好的自己。但现实中，我没有停下整理，而是步履不停地向前。何时才会驻足？有时，疲惫的身心会迫使我停下。

过去人们说旅行者不名一文。但我更相信旧日的旅行是一首由老兵吟唱的圣歌。旅行者们跋山涉水,深入到塔拉斯孔的塔塔林(都德同名小说中的主人公——译者注)都不曾踏足的偏僻之地。在世界尚未改变时,他们已拥有卓越的见识。人们不理解我为什么执着地外出。"世界已经大不同,"他们说,"西贡已经更名为胡志明市,中国东北再也见不到老虎了!"言之凿凿。1941年,皮埃尔·贝努瓦安排他的小说主人公到蒙古追逐老虎时,他不会想到,六十年后,我们去戈壁滩就同去帕拉瓦莱弗洛特(南法小镇,海滨度假胜地——译者注)一样便捷。然后呢?要放弃出游吗?我清楚地看到世界越来越趋于一致,日渐丑陋。"环境造就了我们。"英国作家劳伦斯·达雷尔曾这样说过。面对现今崩坏的乡村和被污染的城市,他还这样想吗?作家曾在小说《亚历山大四重奏》中盛赞法国,形容这是一个全世界拥有最多广场的国家,但就在这里,情形也在变坏。破坏在继续。国土资源部的官员们正在啮食法国。我怀疑这些公务员在梦里也会为古斯塔夫·库尔贝的画里添加几个风力发电机,在皮尔·波纳尔的画中建设仓库。我冷眼看着世上的丑陋,忍受着高科技让我的记忆颠倒,欢愉不再。机场安检人员像对待罪犯一样翻检我的口袋,我是怎么忍下来的?乘飞机旅行的乐趣又在哪?为什么坐在我旁边的不是奥黛丽·赫本,而是这个在屏幕上点来点去的家伙——整个飞行期间,十二个小时,他没有停下一刻。昔日的旅行乐趣已经一去不返。但我坚信,只要努力,仍然可以找到那些尚未向世人展露真容的王国。只要敲开正确的门,推开正确的窗

- 不丹特鲁姆辛山口。我们骑着传奇摩托车在远远离旅游区的高海拔地区开始了一场纯粹的探险

户，我就能找到秘密花园。我俨然成了探秘专家。

俄罗斯滨海边疆区在海参崴以北一千公里处。游览该区域时，我们的向导是年经的猎人奥格那，他信教许久。奥格那用五天时间带领我们走出针叶林，在森林出口，他告诉我们："我只能送你们到这里了。"然后他停了下来，丝毫未履足公路。换言之，奥格那只陪我们到领地出口，然后闭门不出，他用猎枪和自由坚守灵魂。这正是我苦苦追寻的目标：在这片可孕育猛虎的土地上，生活着一批人，他们不会说一句话看一次手机。通往秘密花园的路是幽暗的。值得期待的是：据说到2050年，全球三分之二的人口将生活在城市。对于冒险家来说，可探索的领域将得到极大拓展。人类渴望探索自然。很久之前，英国作曲家亨利·珀塞尔就曾借歌剧主人公童话女王之口发出号召："走吧，离开城市吧。"现在是时候听从仙女的指示了。

我们有幸探索了几处秘境：自苏联解体后一直封闭，近期才开放的亚洲中部草原和高原上的冰湖；位于阿富汗瓦罕走廊的几处高山牧场，那里生活着信奉伊斯兰教的部落；尚未被土地资源开发运动扼杀神秘感的山口；在虎耳草蔓延的极地，我们犹如置身梦境。更有那惊人的石灰岩峭壁，荷叶蕨在被炙烤的石头表面攀爬。也许应该由布莱斯·桑德拉尔斯（Blaise Cendrars，法国小说家，诗人——译者注）来描述这些奇特地貌，为起伏的山川铺洒梦幻的光辉。在秘境，青山相伴，书香袅袅，作家会独自幸福地生活。在秘境中应该想什么，做什么，目前还没有人冒险列出清单。

·泰松披星戴月,日夜兼程

在法国国内,欧洲各国已丧失主权的言论处处可见。我认同这样的观点,但对于如何重获自主权也毫无头绪。这为我的外出增加了一个理由:每次旅行都是自我意识的体现。做自己的主人,当然不比国家主权,但同样重要。

人们指责我对旧世界褒奖过多。但跟我合作的摄影师托马·瓜克从不修饰照片。"你们在现实世界寻找梦境,又自以为活在诗歌中。"曾经有一位心情抑郁的女士在一处文化中心这样说道,"即使遇到一位农民,你们也会说他是作家让·季奥诺。"通过向基督教徒学习,我已经学会了如何面对这些好为人师的劝诫者。我当即愉悦地回复说:"没错,您说的在理,外出

· 一场发生在撒哈拉沙漠中的摩托车巡游

旅游时最好参考统计数据和导游指南。"这之后，我再次出发，骑着卡拉卡尔帕克族的马匹，踏入乌兹别克的沙漠；骑着摩托车到访卡累利；驾驶双桅小舟穿梭在巴芬湾的浮冰里。此外，我喜欢戴双角帽、贝雷帽、俄罗斯毛帽和皮帽。本着坚决但不严肃的态度，我们曾在探索人类科学和深入报道的路上迷失。

在旅行途中，我不会扮演社会学家。例如，智力上的懒惰不会让我去研究爱斯基摩人中性少数群体的比例。比起普通人，我更愿意结交怪异人士。通常，他们都在身处苦难之中，他们的目标也不是在统计学上被划分为少数分子：这其中有生活在库页岛的癌症患者；景颇族的护林员；在喜马拉雅山脚驻扎，一无所有的尼泊尔人；尼尼微平原上，信仰基督教的民兵；在基布兹检查灌溉的以色列人；被敲断牙齿，咀嚼根茎的俄罗斯人；顿巴斯的少年；在乌兹别克驾驶安-2运输机的驾驶员；甚至还有一位在旺图山畜养羊驼的放牧人。旅行者都是自私的孩子？有几次，我们曾试着努力，尽己所能。在阿富汗一处谷底，我们曾帮着成立了几所女子小学，但那些虔诚的穆斯林立即将其焚毁。那之后，我们有些泄气，同时由衷佩服那些投身人道救援事业的朋友们。世界上的八十亿人口，因为互联网的连接，可以互相羡慕彼此，也准备着互相对抗。我将继续避世旅行，尽量远离俗世。为了避开世人，我多次探访森林、沙漠和洞穴。常言说：急于逃跑的人最终会藏身某处。

罗杰·卡洛斯（Roger Caillois，法国作家、社会学家与文学评论家——译者注）说过：梦想是立法的动力。这是旅行者的座右铭。梦想曾带领谢阁兰（Victor Segalen，法国汉学

· 徒步漫游时,问路几乎是必不可少的

家——译者注)走进中国,让他在现实和虚拟的边界游移。启动皇家恩菲尔德摩托车,我们用成人的方法实现了儿时的梦想。道路是一把锁,摩托车是钥匙,而门后是大好风光。儿时的梦想被放进玻璃瓶,我往瓶子里倾入了大量酒精(白俄罗斯的伏特加、克里米亚的葡萄酒、比利时的啤酒),梦想却顽强地存活着。在所有风景诗中,我钟爱伊夫·博纳富瓦(Yves Bonnefoy,法国诗人——译者注)的诗句:"这里,是幸福,是天堂。"正如诗句所言,幸福与天堂无法区分。当我外出时,梦已经开始。剩下的是找到通往天堂的途径:摩托车、马、船、步行或是攀岩。我喜欢一切运输工具。亚洲所有的游牧民族都热情好客。如果我是科学家，研究主题会五花八门：从动物爬行到蛮横地消灭对手这样的人类行为，从区域地理到突击队的前进路线，以及运输工具。总之，旅行是一门舞蹈艺术。

旅行还构建了我的信仰，来对抗时代的洪流。百年以来，不断涌现的新事物、新事件扭曲了人类的面孔。机构组织变得畸形，超大型公司出现，价值观变得越来越统一，人们探索野外的行为变少，生活节奏加快，社会交往变得便捷，语言退化：这些防御人类走向疯狂的武器已经失效。这些变化是科技进步带来的，部分哲学家欣喜于数字科技被应用到我们生活的方方面面，但他们没有想过，弗兰肯斯坦同样是科学产品。我不喜欢这些变化。外出探险使我的批判更生动，对当今社会的反思更深入。外出时，我可以远离潮流，独自徘徊思考，慢下脚步，感受大自然和古老文明的智慧，我自己作曲吟唱，重新找回自主权，再次与动物、树木和美丽的事物交朋友。无法用常规化学反应解释这一现象：自由来自于运动。旅行的要义在于给世人提供一个紧急出口。冒险，带领我发现自我，对抗流俗。

与勒内·科蒂（René Coty，法国前总统——译者注）或其他政治家不同，我没有那惊人的活力，因此既没有建立批评理论也没有任何提案。我只有行动。毕竟，行动是思想的延续。在对抗时代的效能上，我的旅行可抵万语千言。当然，我也曾想象邀请法国记者娜塔莎·波洛内一起乘坐俄罗斯产三轮摩托。她会穿着貂皮大衣，就像意大利漫画家雨果·普拉特笔下的主人公。我会带她旅行，让她拿着马卡洛夫手枪射击空酒瓶，她会坐在帆船的甲板上，措辞严谨地构思那些我无法诉之于笔的所见所思。旅行除了带给我浪漫，还让我在现实和文学世界来回游荡，它让我确定所有的现实都可以在文学中找到。现实是书籍的页码。白天，我观察世界，晚上我阅读。帐篷充当阅览室。就此而言，摩托车要比自行车更适合旅行：骑摩托车我能带上好几箱书。我借鉴了作家让·季奥诺的经验：他说自己曾在外省的橄榄树下阅读《白鲸》。我选的书和地方往往不匹配：我在戈壁滩上阅读让·热内（法国著名小说家——译者注）的作品，在冰岛是索福克勒斯（Sophocles，古希腊戏剧家——译者注）的戏剧，在也门则是与菲利普·所来尔思（Philippe Sollers，法国作家）的小说相伴。奇妙的是，几天过后，我又觉得在最合适的地方我读到了最合适的作品。有时，在火堆旁，或是在木屋的桌子上，我会写下白天的见闻。阅读、旅行、记录，我就是这样将旅行转化成了铅字块。接着我们开始夜晚的仪式：打开酒瓶，卷上香烟，在火把的微光下，开始长谈。

这些平凡的记忆有什么帮助吗？它让我庆幸曾骑摩托车远游，庆幸我不曾停下思考。旅行让我身心愉悦：它带来了肌肉与洒脱。旅行给予我勇气：既然我不能阻止人类的悲剧，至少能纵览地理奇观。在路上，世界变得美好，以一百公里的时速前进，没有人会不高兴。啊！我已经坚持旅行了二十五年，虽有风雨晦暗的时刻，但有时也会得到上苍眷顾。

翻译：贾　聪
摄影：托马·瓜克（Thomas Goisque）

# L'AVENTURIER PHILOSOPHE

# 冒险哲学家

*我们在西尔万·泰松分别前往西藏和地中海的两次冒险之间的空隙找到了他，这位旅行作家在他巴黎的隐居小屋接受了《费加罗杂志》的采访，并向我们展示了他对于冒险、哲学、生活、法国、政治、历史、进步等各方面的见解，还有他对于现代人社会的稳重激情。*

他的生活是怎样的？
旅行、滑行、攀爬、阅读、写作、思考，之后再接着出门……

西尔万·泰松快乐得就像个神父，只是他不信上帝罢了。

几年前，他从位于霞慕尼的一处十米高的木屋墙上摔了下来，这场可怕的意外使他在医院的病床上饱受折磨。只是这些记忆对于他来说似乎已经有些久远了，接受我们访谈的时候他刚结束西藏的旅程。对于那场意外给他造成的伤痕被他埋藏在了宛如西藏高原上厚实积雪般的自嘲之下，在我们面前，西尔万·泰松依然光彩照人、活泼健朗。他的公寓位于巴黎拉丁区闹市的楼顶，可以俯瞰圣塞维林教堂。搭在他公寓书架边的滑雪板则向我们暗示，他已经准备好继续启程前往下一段旅程了。这一次他将前往阿尔卑斯山，从海边沿着山脊一路徒步到瓦努瓦斯峰，以纪念在泥石流中遇难的埃马纽埃尔·柯西（Emmanuel Cauchy，法国知名的山地医生、登山家、作家——译者著）。对于西尔万·泰松而言，柯西是"一个伟大的登山家，一位无双的医生,一个朋友"。这一行程结束后,泰松将要前往地中海,驾着帆船再度经历历史上的尤利西斯之旅(即《奥德赛》中奥德修斯所经历的漂泊——译者注)。去年夏天,他曾在法国广播电台国内频道上和我们分享过相关的故事,同时也与他朋友奥利弗·弗勒堡共同完成了相关著作。

旅行、滑行、攀爬、前进:西尔万·泰松的生活中充斥着各种各样的运动,但这些并不是全部。现在他45岁了(本文刊发于2018年——译者注),这位匆忙的老顽童学会了休息。他也会坐在书桌前,记述他在旅行中的经历,把他的经验或是思考整理成文字,让它们变成畅销几万本的著作。毕竟他博览群书,自然笔耕不辍。虽然他偶尔远离世俗,但这不会影响他对于这个世界的思考。在两个小时的时间里,这位性格孤僻且历经风霜的冒险哲学家向我们敞开心扉,畅谈了他对法国和它的命运、历史、政治、信仰(更准确的说应该是信仰的缺失)、荷马史诗、人和自然之间的关系等诸多方面的见解。让我们整装待发,跟着西尔万·泰松共同探寻他的心路历程。

**是否能够把您定义为冒险哲学家呢?**

可以说这或多或少符合我的生活方式:将一个想法转化为一段路线,然后再跟随这个路线开展旅途,我会用笔把在旅途中涌现的想法记录下来。有时候我会将这些笔记整理成书,或者有时候我也能从它们中挖掘出新的反思、见解、思考……

・泰松穿越蒙古沙漠

最近的三个您转化为旅途的想法是什么？

首先就是想要经历一段和神圣的事物相关的瞬间：比如说伺机等待某种动物的出现，这里说的就是雪豹。这种动物是大自然几百万年来的杰作，是一种凶悍的大规模毁灭性武器。然而这种武器却有着严格的自制，它们狩猎仅仅是为了满足自己的需求，不会滥用，也不会骄傲，更不会恃横。雪豹美得就像是一位处在自身食物链顶端的安静的女皇。除此以外，我也想体验隐匿的生活，不想再去应对周围环境所带给你的各种意想之外的状况。在等待雪豹出现的时候，需要在海拔四千米高、气温低至零下三十五摄氏度的西藏过完全静默的生活。时间一分一秒过去，而雪豹可能并不会出现，这段时间除了等待什么都不能做。而这一切却有着它独特的意义，也让我们能够进行更富于哲学性的思考：为了等待奇迹出现的一刻，我们需要进行漫长而平淡的等待，而对于这份等待本身的观察却扫除了我们每个人身上的忧郁。

最终你们见到它了吗？

是的，而我那时内心的激动毫不亚于伯纳黛特·苏比鲁（19世纪中期一位自称看到幻想的法国修女）发现卢尔德石窟时的心情，同时心中也有一抹哀伤油然而生。人类，这种在达尔文进化论末期才出现在历史舞台上的物种正在如同暴发户一般蹂躏着其他生物，压缩它们的生存空间，而她也可能是受害

· 泰松曾在西伯利亚林间的小木屋中一口气过了好几个月的隐居生活

者中的一员。这种迫害有时,甚至经常导致后者的灭绝。人类正想要霸道地取代地球上所有生物的位置,而这才是我们最应该进行的反侵略斗争。

近期还有什么其他转变为旅途的想法吗?

我对于各种跟"运动"相关的科技都十分着迷,无论是生物运动、社会运动,或是军事运动,等等。而在其中,动物的各种移动方式,像是悬浮、飞行、失重,这些都让我着迷。我也对人类出行的方式感兴趣,不过只限自然的出行方式。自行车、骑马、步行。这也是为什么这个春天我和丹尼尔·杜拉克一起去滑雪远足。当时我要去瓦勒迪泽尔参加"冒险和发现节"活动，比起乘坐高铁和出租车，我选择从芒通出发，一路靠雪板和滑雪皮穿越梅康图尔山、阿尔卑斯山、凯拉山，最后和大部队在瓦娜色集合。连续几天都能够在阿尔卑斯山顶无瑕的白雪上滑行，这是多么令人兴奋欣喜的事情啊。整座山让你沉浸在一种虚无的独特环境中，同时勾起人思考的念头。攀登的过程则尤为吸引人，它就像是一首以"存在"作为主题的交响乐：从开始到结束之间，旅途展开为感受、反思、思索、希望、绝望等各种变化丰富的乐章，给人以十足的感官体验。这一路途中，除了和你串在同一根登山绳上的旅伴之外没有其他人类的涉足，令人感觉像是回到了人类诞生之前的时代。

**您看来相当的厌世啊，甚至都分享了西奥多·莫诺（Théodore Monod，法国当代知名的探险家、科学家、人文学者——译者著）的疑问，他想知道"人类的存在是否是失败的"？**

是的，远离世人为我带来快乐，这也是我要分享的第三个转变为旅程的想法：驾着帆船重现由历史学家、地理学家和希腊学家们共同努力复原的尤利西斯之旅。我会在五月出发，这也将作为我去年与荷马作品共度整个夏天之后的延伸。

您对这位希腊诗人的熟悉和迷恋从何而来？

我认为，这部作品能够终结所有的文学创作。每当有人自己遇到挫折或是目击了一场重大冲突时，人们总能在荷马的作品中找到相关的叙述、解释或是教诲。他的作品是整个人类的缩影，而且他的作品本身也充满了魅力。尽管有些教育界激进分子觉得它太难或者太这样那样了，但我觉得就算小孩子也适合读荷马的作品，荷马就是《金刚战神》（法国引进的第一部日本动画片，当时风靡全国——译者注）。里面有会飞的仙女也有和怪兽搏斗的英雄，能从天上打到水里。

那您在小时候读些什么呢？

读书这件事情其实是我到了比较晚的时候才开始的。我出生在一个充满了诗歌、文学和音乐氛围的家庭中，虽然这些并没有作为我开始阅读的契机，但却给了我足够的精神资本，就像雅克·班维尔(Jacques Bainville，法国历史学家——译者注)所描述的路易十四的遗产，"千疮百孔的法国继承了他的精神资本"那样。但是同时，这座金色的牢笼也让我觉得窒息，这也是为什么我总喜欢开着窗的原因，有时候我都想从窗口跳出去。简单来说，比起屋里的书页，我更喜欢森林里的绿叶。这也导致了我到十几岁只读过一点儒勒·凡尔纳的作品。然后一直到我二十岁，我开始产生强烈的阅读冲动并强迫自己开始，或者这么说，对于书本，我就像是一个容易饿却又厌食的人，甚至连摩尔多瓦洗衣机的说明书我都读。

那是不是因为这种对于自身想要逃离的渴望促使您去学习地理知识呢？

　　当然，而且不仅是出于对于空间层面的考量，还有时间层面的原因。如果你专注于地理学，尤其是地质学的话，你会发现形状、起伏、景观和构造，这些两百万年前的事物是如此的吸引人，让你对它们充满热情；而与之对应的，对于现时或者未来则兴致索然。大家都喜欢未来和创新，而这点却给我带来了不少困扰。相对于地质变动，我对于地质沉降更感兴趣。就拿这座响起钟声的教堂为例（他起身前往露台，俯瞰着圣塞维林教堂的大殿）。大家都会对这哥特式华丽的美景感到赞叹，会忆起于斯曼在此受洗，会记得贝尔纳诺斯在这里举行的葬礼。但在我眼中，我所看到的却是这些石灰岩，它们曾经都是活生生的贝壳。整个巴黎都建造在这些活化石之上，这一切都让我着迷，同时也让我对当代人类正在上演的戏剧感到无动于衷。

是不是您对于这些建筑以外的迷恋阻碍了您进入这个圣所来敬仰上帝？

　　可我并不需要进入教堂来见到上帝，通过活人就能见到神迹。反观现实中，人们声称自己信仰上帝，却用石头建造一个穹顶将自己和天空隔开，这不是很奇怪吗？其实我很赞同亚

·泰松和父亲菲利普·泰松在一起

历山大城的革利免（Clément d'Alexandrie，希腊基督教学者——译者注）的谏言，"对这个世界感到满足"，而我通过本质来汲取这个世界的信息。我对于旅行的实践以及这种生活方式让我融入了现实，一种我作为地理学家所学习到的现实，同时也让我远离于神，让我无法崇拜这种在造物以外的存在。

您的这番理论听上去有点像新世代年轻人的观点……

我承认。我之所以自认是一名文化上的天主教徒，是因为我继承了由天主教所塑造的法国历史，而我并不会被迫去相信那些成就宗教的寓言。我也会去教堂，只不过我是去爬教堂的。

即便四年前发生了那样的意外之后还会去？

实际上并不会。我已经不再爬教堂了，也不再进行特技攀岩了。现在我只会去做一些传统的攀登活动，像是卡朗克山，霞慕尼那边的勃朗峰、多洛米蒂山等，他们给我带来的感受也不同了。以前，攀爬对我而言就像是一种醉汉般的冲动，喝多了就有想要攀登的冲动。而现在我不再喝酒了，而我攀登的欲望也随之产生了变化，变得更加技术、更加专业了。

是否能说得感谢这次事故？

哦，不！虽然我想成为一个文化上的基督徒，但我完全不接受基督教中"受难是福"这一套理论。像"我躺在病床上时想到，是上帝因为我之前轻率的行为赐予了我这些苦难，通过它们照亮了我前方的道路，使我睁开双眼看清了前进的方向"这种话我是不会说的。苦难从来都没有什么用处，从不。除此以外，这场事故并没有让我学乖，也没让我学会新的生活方式。我从未像现在这般活跃、不安定、动荡，以及好动过。

那为什么不将这种对于行动的热情转化为政治积极性呢？

很久以前，有人把我介绍给弗拉基米尔·沃尔科夫（Vladimir Volkoff，俄裔法国作家——译者注）时提到我完成了骑自行车环球旅行。他对我说道："所有在二十岁时不想去骑车环游世界的年轻人都会被枪毙的。"这倒是没错,在二十岁的时候就应该开始投身于自己所热衷的事物,有些人投入到了政治活动中,而我就投身于这种用以取代政治活动的体育活动中,只不过我不是去假装改造社会,而是改造我自己的个人管理。我搞了我自己的五月革命,搞了我自己的巴黎骚乱(1935年2月6日)。当然我并没有像协和飞机一样冲向巴黎街头,涌向大桥,我从桥上面跳了过去。如同克莱芒·马罗(Clément Marot,中世纪法国诗人——译者注)在诗中所写到的:"我不再是我曾经的样子,但我也不知道将来是否还会是那样;我人生美好的春夏,已经跳出窗外。"

## 什么东西会让您想去某个地方呢?

我不会因为想要了解某种文化而选择我的目的地,例如像是加勒比文化、萨米文化或者是托尔特克文化之类的。我的出发点在于有某样东西吸引着我,它可以是红树林,或是珊瑚环礁。而现在,我对荒岛就非常感兴趣,它们就像是大洋中一块与世隔绝的鹅卵石一样。因此我读了很多葡萄牙海难方面的文献,给我提供了很多政治方面的建设性启发。其中就体现了我们当下一直提到的关于共存的问题,这个问题如果不从源头上解决的话是根本无从化解的。就好像那些滞留在南方土地上的英法两国捕捉鳕鱼的渔民们,他们共同落难却觉得有必要分开,并在相互之间建立起新的海峡。那么考虑到他们所属的文化相当接近,在需要捕猎企鹅并共同面对未知未来时,他们是否会最终走到一起呢？事实并非如此。他们各自驻扎在他们自己的小岛上，间隔相当远。可以这么说，通过这一点就能看出，所谓的文化自发性结合这样的宏伟概念根本站不住脚。

您对法国有什么看法呢？

我对法国的兴趣主要集中在它独具特色的地理因素上。它的国土面积并不大，就像针头那么丁点儿大的地方，每平方米的土地却都能引起人们的关注。我经常惊讶于这两者之间完全成反比例的关系。每寸土地都有艺术家画过，都有诗人吟诵过，都有社会学家研究过，都有地理学家考察过，都有征服者渴望过，都有哲学家解读过，都有历史学家复原过……贝加尔湖以北的广袤森林和这里相比毫不逊色，却只能吸引少数人的短暂的注目。像是17世纪俄罗斯一个战队、18世纪的个别水貂偷猎者、19世纪的一个雅库特骑兵队、20世纪的古拉格集中营逃离的因犯，其中一个画家都没有，因为油在那里都冻成了块。历史上的法国给我的印象就像是患有蝎子综合症（一个法国寓言，青蛙背着蝎子过河却在河中央被蝎子蜇死导致蝎子也溺忘。死前青蛙不解地问蝎子此举的理由，蝎子答道"这是我的本能"）。尽管这个国家长期渴望能实现议政合一，无论这个动机是源自于国王、皇帝还是共和国政府。而这一进程却每次都能被社会、政治、阶级或是宗教等原因所打断，最终止步于永久的内战。这种渴望每次都能被攻克，每次都会出现一个圣女贞德或是戴高乐在柴火堆后面点燃这一反抗的火种。就这

·西尔万·泰松

一点来说,法国让我想到了那些喜欢尽可能站在悬崖边的登山者们。就像法国哲学家杨科列维奇(Jankélévitch)曾经写道的那样:"人们为了做他关注的事情而燃烧。"

您在当前这个时代有什么不喜欢的东西吗?

对于这个世界重新洗牌的担忧。从科学上来说,我们已经重写了现实之诗:生活中无穷小的元素(原子、基因、分子)都已经能够被轻易操纵改写了。这种科学进步让我们能够重塑现代社会构架,也让我们更有意愿去改写那些知识和文化的遗产:历史、人际关系、女性地位等。人类出现于更新世,经历了上新世之后宣告第四纪的终结,机械的出现标志着我们已经开始了全新地质年代"赛博世"。然而,如果我们仔细研究旧世界之所以崩溃的原因的话,我们就会发现没有人能描绘现在的这个数字化的时代将通向何处,包括遍地的那些懂得控制论("赛博"这个词的由来)的傻冒们。所有已经既定的都将烟消云散,而注定将要来临的却还尚未出现。这一切都让人目眩神迷。

有没有哪个时代是您想要生活其间的?

旧石器时代的马格德林文化时期,大概是公元前一万五千年左右,语言刚刚出现的年代。那时候社会刚刚开始成形,开始出现珠宝(也就代表了愉悦)、丧葬(也就代表了超脱的感念),还有艺术。但这里需要注意,那时候的艺术家非常的谦逊，他们的画作都陈列于地下的洞穴和昏暗的石窟中。差点忘了还有最重要的事情：那时候地球上只有十万人。研究表明，他们每周只工作三到四天。我们当代的工会宣称自己对于工作的声明具有革命性的意义，这么看来的话也就只不过是抄了旧石器时代的作业罢了。

您对过去的看法似乎有点浪漫，对吧？

我可不这么觉得。我很少有因为自己内心的折磨而自我感动，也不会因为自然而独自感伤。当我看到一块石头，我可不会说："一块岩石远离尘世，你可真是无比幸运。因为你永远都不会，为情所困。"对我而言，我更喜欢攀爬它们。

\* \* \*

我乐意分享我父亲写的一篇文章，看看他对我的观察和感受。我的父亲菲利普·泰松（Philippe Tesson，1928-2023，记者，专栏作家）通过一段从未被披露的生动文字叙述了他对于家庭的爱以及其中所蕴含的担忧、钦佩、惊讶以及自豪。

我的儿子

我儿子他是个野蛮人，偶尔回归一下文明来找找乐子。他并不一定要找到自己的同类，也不需要站在镜子中间来观察自身。他基本上对人类出现前就已经存在于地面上的任何事物都感兴趣：地质、风景、动物，还有植物。他热爱寂静、森林中

- 踏上这些道路,我们的生命也随之延长、绽放,摆脱了一切束缚

的黑暗、岩石和历史。他痛恨高速公路、高科技、数字技术、全球化，简而言之，所有扼杀神秘和未知的东西。

我儿子他不会花时间去为世人所犯下的罪孽赎罪，尤其是他所没有犯的罪。

我儿子他就像一头野兽，兼具了极度的敏感、高超的运动能力，以及和肢体相关的思想。他以紧绷的神经活在当下。他一直处于永恒的运动中，而他也以此来写作。

我儿子他从不妥协。如果他不能接受，他会抗争，会拒绝，或者他会转身离开。

我儿子他不相信来世，也不认可人类在众生中至高无上的地位。他不喜欢宗教，不喜欢被政治所篡改的福音宣讲，也不喜欢教条。他热爱基督教的文化，他同意安德烈·马尔罗的精彩观点，认为耶稣是唯一一位成功的无政府主义者。

我儿子他觉得做事要竭尽全力，而生活应该过得粗糙。

我儿子他是个自由的人，他没有孩子，也没有洗衣机。

在小的时候，我儿子就曾经睡在树上。他在大清早爬下了树，然后躺在草坪上聆听和感受大自然的力量。随后他跑到了山的背面，去看看那里有什么。他疯狂地迷恋大自然。小学的时候，他在一所教会学校就读，他在上课时从打开的窗户逃了出来，跑去了圣库库法森林。高中快毕业的时候，他的班主任找我谈论他的升学问题，并毫不犹豫地否决了他继续深造的提议。"您的儿子是个迷人的小伙子，但是他不适合做学者，他没法考上大学的。让他去考个自然科学的高级技师吧，他会成为一名出色的狩猎监督官。"我拒绝了，最终我儿子不但考上了,而且预科成绩还十分优秀。

然后我儿子就成了一头聪明的野兽。

我儿子是一个"时髦的反现代主义者",作家尚-克里斯托夫·胡方是这么评价他的,还说他一点也不傻。在我儿子身上可以看到复杂的斯多葛学派思想。

我儿子是个快乐的悲观主义者。

我儿子这些我所不具有的一切都让我喜欢、让我欣赏。我深爱我的儿子。

翻译:马炜珉
采访:让-克里斯托夫·比松(Jean-Christophe Buisson)
摄影:托马·瓜克(Thomas Goisque)

# L'AVENTURE, C'EST LA VIE!

# 冒险：这就是生活！

*本周末，"第戎探险电影节"将庆祝其成立三十周年。多年以来，电影节一直致力于培养坚持冒险精神的人，并鼓励大家付出的实践。大量杰出人物都曾在电影节上获奖，包括彼得·布莱克、艾德蒙·希拉里、克洛迪·艾涅尔、贝特朗·皮卡尔、皮埃尔·肖恩多夫以及杰拉德·达博维尔等。已再版多次的旅行传记《雪豹》的作者（即泰松——译者注）也作为获奖人之一，向这个经久不衰的盛会以及它的举办者帕特里克·艾德尔和欧洲户外拉力公会致敬，同时他也向我们讲述了冒险精神不该消亡的理由。*

1997年，亚历山大·普桑和当时二十五岁的我一起进行了一次从不丹步行至阿富汗的徒步。今时今日，地球上每个人都能用随身的设备进行拍摄，各个都是专业摄影师，可当时的科技还没有像现在这般发达。我们用一台装备宽银幕镜头的小摄像机记录下了为期六个月的旅途。之后，皮埃尔·巴内里亚斯对我们的资料进行了剪辑，并制作成了电影《空中漫步》。后来我们以此在第戎电影节上获得了冒险纪录片的金羊毛奖。在公会里有这么一句话：要将年轻人放在他们永远不会下来的马鞍上。保罗·莫朗曾说道："在我十五岁的时候，别人送了我一辆自行车，从此就再也没人见我回来过。"我们之中就有很多人都要归功于公会在最初的时候给予我们助力，帮助我们起步，毕竟像这样的一辆自行车对我们而言可能有着非凡的意义。

这样的奖励有着双重意义：首先，旅行的方式发生了改变。伴随着1980年代的发展所带来的媒体爆发以及机动车的普及热度现在正在消退。在这样的契机下，一些与众不同的旅行方式便应运而生，它们更加低调，更加灵活，同时也是顺应了全球的趋势，是"可持续出行"；其次，公会也以实际行动证明了它对叛逆分子的欢迎。在当时的电影节期间，和我们一起参加活动的还有来自各个行业的专业人士，像是渔民、伞兵纵队的军人、女赞助人、著名运动员、明星杂技演员、人道主义人文学者、经验丰富的海员、养羊专业户、英国水手、可敬的记者等。在这些来宾面前，我们俩就像是两个水平差不多的小学生。我们因为公会提供的契机一同登上了冒险的大船，这些疯癫的船员们也都显示出了他们对于自由的同样品味。这也是公会活动最为振奋人心的一点：既有冒险，也有欢聚。

## 语言的力量

公会唯一用来唤醒人们冒险精神的词就是"友谊"。在这个词之下还隐藏着更深一层的含义：用行动来暗自抗争。帕特里克·艾德尔在1967年创立了这个组织，而时代却让他童年的梦想化作泡影。作为一名政治活动家，他遭遇了失败，并为他带来了五年的牢狱之灾。重获自由以后，他想要做些什么来让他的冒险之心继续保持抗争。对于他来说，摆在面前的还有另一座思想囚笼：如何逃脱1960年代的物质享乐主义和左翼的因循守旧？新浪潮真的就代表新思想吗？在1968年，他决定任由那些具有反叛精神的年轻人各自准备他们自己将来的职业生涯，而自己则投入到人道主义冒险行动中。保罗·瓦莱

・在法国黑色小径探险的泰松，这个故事被改编成了电影

里曾说过，"生命就是由产生念头、找寻方法、付诸行动这一系列的过程所组成的，而能够真正感受到这就是生命并如此看待它的，一千个人中只有个别的几个"。而艾德尔就是这"个别"中的一分子，他和一群志同道合的朋友们创建了一个名为"公会"的团队。在团队名称的选择上，"社团"显得太平庸，"俱乐部"显得太造作，"协会"显得过于社会感，"行动队"又显得过于军事化。而最终，他将"公会"定为团队的名称。公会（Guilde）这个词最早指波罗的海边的自由贸易城市，它们被围墙所包围，城内耸立着钟楼。公会并不反对任何普罗大众，但是却也想用城墙来保护自己的一小片城池。可能是因为能够立于高耸的城墙之上，公会才得以望得更远，能够看到海的另一边。在第戎举办的冒险电影节就是向冒险行动致敬的庆祝方式之一，而对于冒险，并没有一个准确的定义。冒险，就是人们来到了青春的舞台上表现自我的一种方式。就像利雪的圣特蕾萨修女在上帝面前说道："我选择一切！"我们选择冒险也愿意承担它的全部：风险的部分、享受的部分、还有深奥的部分，甚至荒谬也是其中的一部分。想想看，探险的时候大家在丛林中的摄像机前秀着浑身的肌肉，而在星期天的电影节上却在一起扯着外面广袤无垠的世界，这样的反差不是很荒谬吗？可那又如何呢？现在这个年代处处充斥着市场禁令、技术招标、网络给人带来的廉价快乐以及各种其他的陈词滥调，和这相比只会有过之而无不及。此外，冒险还回答了那个历史上的俄国问题"怎么办？"（指列宁1901年撰写的著名政论文章《怎么办？我们运动中的迫切问题》——译者注）。

· 自然之路为我们提供了一种逃离这个现实世界的可能

通过暗自抗争的方式，它可以给我们带来美好的事物：生个孩子，种片菜地，或是驾着自己用小刀手工刻制的独木舟穿越奥里诺科盆地。这些事情没有必要同时去做，但人必须有梦想。公会有这么一句口号："做别人梦想的事"。

  冒险并不只是开拓身体的潜能，但我们也不应无视生活中运动的部分。一切杂技都有诗意的一面，一切极限运动也都诉说着人类的现状（伟大和奴役）。当登山家帕特里克·贝罗

穿越阿尔卑斯山,或是奥利维埃·奥伯驾驶着超轻型飞机在云间穿梭的时候,他们通过这些冒险所达到的成就超越了他们所付出的努力。拜伦勋爵曾游泳穿越伊斯坦布尔海峡(疑似作者笔误,拜伦横穿的海峡应该是同在土耳其的赫勒斯滂海峡,也就是今天的达达尼尔海峡——译者注),这一成就比他的诗歌更让他感到自豪!运动是身体对于鲜活生命的致敬,是一种欢呼,至于坐下来学习研究,之后有的是时间。

## 电影和人类

我们想让大家了解到,冒险的方式是多种多样的:让-路易·埃蒂安(Jean-Louis étienne,法国探险家和医生,1986年第一个独自到达北极的人——译者注)带着滑雪板远离喧嚣,伯克兄弟则驾着小艇出海远游(Emmanuel和Maximilien Berque双胞胎兄弟,航海冒险家,靠自行设计的无动力帆船行驶一万一千公里达到佛罗里达和迈阿密,后穿越太平洋,Maximilien Berque于2008年去世——译者注)、伯特兰·皮卡德(Bertrand Piccard,二十天热气球不间断环球一周——译者注)乘着气球远走高飞,还有斯蒂芬妮·博德和阿诺·珀蒂特荡在绳子的末端飞崖走壁,纪尧姆·内里更是潜入幽暗深邃的大洋深处。所有的这些都告诉了我们三件事:无偿的行动是对功利主义盛行的当今世界最好的嘲讽;行动胜于空谈;走向外部世界才是通往自己内心的捷径。

在探险过程中,我们还见识到了那脆弱得令人心疼的自然之美。蒂埃里·罗伯特通过《极地之下》向我们展现了北冰洋刺骨海水之下的影像,让我们得以一窥映衬在翻转的天空之下的冰山背面。潜水员们在水下呼出的一串串气泡就像是少女裙摆上的珍珠串,在光线的照耀下美妙绝伦。能让环保主义者和美学家们都能参与到话题中来是公会一直以来梦寐以求的结果。他们所得出的一致结论就是:美好的事物就应当被记录,被保留下来的记录就应该被传播,无论是对于极地的企鹅或是罗曼风格的教堂都应如此。艺术和野兽都在为了"存活并延

· 泰松在西伯利亚的隐居生活

续"这一同样目的进行着抗争。这种对于美的保护也涵盖了树木、书籍、文化以及神话，我们称之为"完整生态"。五十年来，艾德尔一直努力想要通过自己的言论来让这种保护惠及更多不可名状的美好。

那群老户外人还在等着我们！

冒险者们平时都很少会坐着，而每年第戎的活动却能让这么一群人都老老实实地围坐在桌旁。能和这么一群根本不用考虑对方职业的旅行者们一起欢度两天可以说是真正的天伦之乐。我还记得皮埃尔·肖恩多夫的电影《蟹鼓》中由雅克·贝汉所扮演的人物原型——皮埃尔·纪尧姆，他依然觉得自己身处船艏楼；也记得尚塔尔·莫迪特的音容笑貌，即便她现在已化为了喜马拉雅山的一部分；库特·迪姆伯格，我亲手感受了他由于冻伤而截下的断肢；克洛迪·艾涅尔（Claudie Haigneré，法国第一位女太空人——译者注），她以超越我们的胆怯的胆识悬浮在无重力的太空中；彼得·布莱克，我们最杰出的巨人，他在被海盗枪击后不幸遇难；还有我们前面提到的导演肖恩多夫，他自己就简直是活脱脱一个他电影中的人物；帕特里斯·弗朗切斯奇，他每次都是刚从前线回来，胳膊底下还夹着一本贺拉斯的作品；迈克·霍恩，那时候他似乎在国外找一条水蟒；安妮·奎梅尔，像风一般锐利又多愁善感。那些日子实在是太美妙了！对于我们这些旅行小学生来说，这是无比生动而丰富的一课。而我们也梦想着有朝一日能够像这样对别人诉说我们自己的旅行，相比之下他们真是太谦逊了。当然，首先要先活下去！只要怀揣梦想，人生就会伴随冒险的开端而重启，生命还将继续。那时候当我们准备出发去第戎之前，让·拉斯帕伊对我们说道："那群老户外人（此处作者用了Patagonia，用这一知名户外品牌借代户外探险爱好者——译者注）在等你们。"

别待在家里，别把自己照顾得太好了，越过挡在面前的障碍。冒险就是疫苗，而疫苗就是冒险。

| 翻译：马炜珉

后记

# 跟随西尔万·泰松的脚步

*凛冬,距离蒙古国首都乌兰巴托八百公里的库苏古尔湖湖面上空空荡荡。在低温的催化下,天空、水面凝为一体,呈现出宛如勒内·马格里特笔下的超现实主义梦境。这时候,远远传来了马达的轰鸣,一队皇家恩菲尔德摩托车在冰面上疾驰而过。这不可思议的场景给大片冰雪中的虚无场景,平添了奇幻色彩……*

时至今日,我依然记得第一次看到那篇由西尔万·泰松撰写的,关于冬日蒙古冰原铁骑巡游的稿子时的震撼,这震撼是双重的:既来自作者那支生花妙笔的描摹,也得益于与作者长期搭档的摄影师托马·瓜克,这位摄影师作品品位之高,取景之妙,总是带给人一次又一次的惊艳。也正是从那一篇稿子开始，我逐渐认识了这位名声在外的法国旅行作家——西尔万·泰松。

谁是西尔万·泰松呢？这个媒体人的后代，从小就不是个安分守己的孩子。他大量地阅读，并且对探险情有独钟：攀登绝壁，穿越荒漠，泛舟海上，或者索性离群索居，在西伯利亚一个人独居数月……当然，青年时代让泰松大出风头的，还是他那些狂热的攀爬行为，特别是爬上遍布欧洲的教堂的高耸塔楼。直到2014年，一次酒后攀爬让泰松付出了惨痛的代价。不过事故只是让泰松渐渐放弃了在城市中攀高的行为，并没有拦下他全球行走的脚步，恰恰相反，他走得更多、更远了。他的旅行将地域文化、历史回望与探险融为一体，而且每一次旅行都意味着更多的思考，许多思考最终被记录下来，写成著作，随即大受欢迎。

是的，西尔万·泰松旅行的方式非常复古——他本人从不掩饰自己对于现代化、高科技的厌恶——而他记录旅行的方式同样很像那些19、20世纪的环球旅行家。凭借着自己的旅行作品，泰松赢得了龚古尔奖，他关于荷马史诗的思考（相关内容可参看本书的《文明诞生之地》一章）《荷马的夏天》是2018年法国最畅销的散文类作品，他的小说《黑豹》（记录了他在青藏高原寻觅雪豹的经历）位居2019年度法国书店畅销书榜的前列，他还广泛参与文学主题的电视节目……说来有趣，以孤独行走与思考著称的泰松，事实上却是个广为人知的名人，这凸显了现代社会传媒的巨大能量，以及人们生活方式的某种违和：即便是坐地日行八万里，我们中的大多数并不真能秘境探踪，而只是心存好奇，期待有人把那些我们去不到的风景展现给我们，最好还是用我们耳熟能详的方式。

如果你的期待如是，那么泰松一定适合你，他的作品不但有精致的描写、浪漫的想象、旁征博引，还包含了他本人的许多思考，那些像暗夜中火苗一样的观点，也许并不总能被每个人接受，但引人入胜，并足以诱发读者的更多思索。当然，你也可以放下那些莫须有的思索，纯享以托马·瓜克为首的摄影师们的作品，说真的，无论是悠悠千载的史迹遗存，还是上穷碧落下黄泉的极致风景，要是不能用视觉化的方式呈现给大众，未免令旅行本身稍显失色。

长久以来，西尔万·泰松都是法国《费加罗杂志》的签约作者，他的传奇冒险篇章，经由费加罗授权，历年来出现在由上海汽车博物馆制作出版的各类读本中，颇受读者的欢迎。作为中国第一家专业的汽车博物馆，上海汽车博物馆长期致力于交通历史文化与出行方式的研究、传播，本书是我们在这一领域的最新尝试，希望能得到读者们一如既往的支持。

在本书出版之际，需要感谢法国《费加罗杂志》的大力支持、《费加罗杂志》中国版权总代理龙海先生的居中协调，以及生活·读书·新知三联书店麻俊生先生的慧眼相中和作为本书责任编辑的辛苦付出。在各位的玉成之下，才有了这一册图文并茂的读本。

行文至此，我猜已经毋庸赘述关于旅行的奥义了，大家自可以去正文中看泰松的解读。我只是想起一段往事，作为结尾。

1884年4月22日晚八点，一个叫托马斯·史蒂文斯的美国人骑着一辆由波普自行车公司出品的"哥伦比亚"牌高轮自行车离开了旧金山。此后,他耗时两年七个月二十五天,骑行距离超过两万多千米,最终成为世界上第一个骑自行车环球旅行的人。史蒂文斯的旅行轰动全球,现场听过史蒂文斯演讲的美国作家希金森感慨说:

> 他看起来像是儒勒·凡尔纳在讲述自己的精彩经历,又仿佛是现代的水手辛巴达。……这个勇敢的年轻人环游世界,但并没有随身携带步枪,想要去杀死谁,或者带着一捆捆的福音小册子,想去改变谁,他只是去拜访那些住在各个地方的人们。因为他总是有一些有趣的东西可以给人们看,一如这些人也总是会拿出有趣的东西给他看,所以他永远不会找不到自己的前路。

行走的魅力,莫过于此。

沈丹姬

上海汽车博物馆